W0285914

... oder:

MASSAKER IM DREIMÄDERLHAUS

Impressum:
ISBN: 978-3-903989-56-6
© 2024 echomedia buchverlag/
echo medienhaus ges.m.b.h.
Produktion: Ilse Helmreich
Layout: Elisabeth Waidhofer
Lektorat: Regina Moshammer
Herstellungsort: Wien
Besuchen Sie uns im Internet:
www.echomedia-buch.at

... oder:
MASSAKER IM DREIMÄDERLHAUS

Ein schmaler, etwas absurder,
also voll wirklicher Wienroman

OTTO BRUSATTI

echomedia
BUCHVERLAG

Zur „Leseerschwernis“ wurden ganz wenige, inhaltlich aber dergestalt gar nicht vermittelbare Satz- und Schreibfehler einfach stehengelassen, bewusst, es ergibt das sogar (vielleicht oder manchmal) einen seltsamen und gedehnten, etwas lächerlichen (?) Rhythmus.

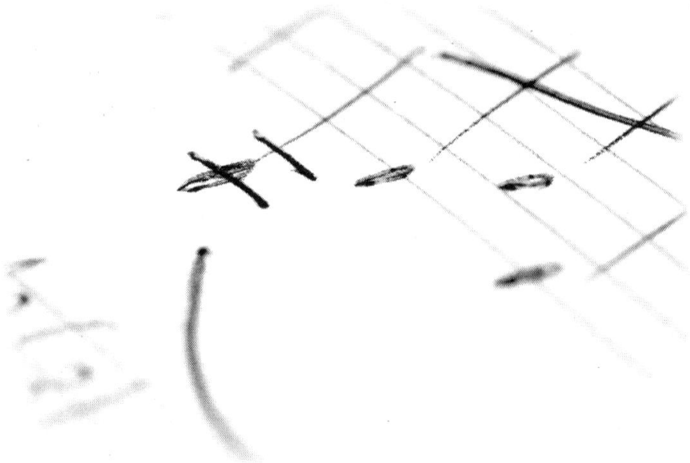

Kapitel 1
Von der Liebe

Ein guter Anfang: Ich stehe in einer Kirche, früh am Morgen, in so einem gerade erst geöffneten Geschäft für Transzendenz und Moral und böse Sünde, für Hass und Liebe, in dieser Reihenfolge; Licht von oben, schräg rechts aus Fenstern; ich bete nicht, keine Lust und keine Übung mehr, ich fürchte mich glücklicherweise noch nicht deswegen, habe kaum Musik im Kopf; es stinkt ein wenig, es muffelt, mehrere alte und einige jüngere Leute drücken sich herum, genießen die geschäftigen Morgenandachtsvorbereitungen vorn am Altar und seitlich bei den Blumenvasen und den fetten Kerzen und tun das anstelle eines Herumzappens zwischen aufgeweckt überaus heiter oder betroffen ausgesendeten TV-Frühmagazinen; ein wenig tobt mir übliche Übelkeit vom Wirtshausbesuch am Vorabend im Bauch, ein kleiner Rülpser, ein ebenso kleiner Furz, ah, Gott verzeiht das, denn wenn es das nicht exkulpiert, dann soll es doch scheißen gehen!

Ich stehe: noch im Zentrum von *dera Weanastodt.*

In der Kirche zu den und von den Michaelern oder für den Michl, was weiß denn ich? Diejenige vor dem Antike-Loch fürs ganz Alte und zwischen barocker *Zuckerlpracht,* Kaiser- und sturem Wissenschaftslogis sowie vor einer angeblichen Bauabsurdität im Rahmen der Erfindungen der Moderne mit scheußlichen Blumenkästen und Ringen und damit ebenso ästhetisch verwerflich wie das nicht aufhören wollende Ringstraßenglück wenige Jahrzehnte davor.

Es ist Frühling und es sieht so elendiglich aus wie auf den Bildern vom Hopper Edy.

Also ist Gefahr.

Es ist die Welt im Taschenformat und die Ewigkeit und dasjenige dahinter, alles so klein wie unsere Wünsche an das Schick-

sal sonst und so arm wie die hier wahrscheinlich existierende Kirchenmaus.
Es ist ein guter Anfang, noch.
Es ist Leben, noch.
Es ist ein Anhalten, noch – nein, besser, nur ein Innehalten vor irgendwas, das andere Leute gern und umgehend mit vielen heiligen oder politischen Namen bedenken würden. Mit dem Franz Joseph oder dem Johannes Paul oder dem Putin. Oder …?
Eine *Genusswurzel.*
Es ist Genuss und Laster, daraus und davon, es ist Himmel.
Wie ein hier gern getragenes *Chorhemderl* für *Feinspitze und Feinspitzer und Feinspritzer* (Letzteres vor allem).
Es ist Hölle. O wonnevolle Tücke.
Da Schubi wird de Ursach sein.
Es ist Wien. O truggeweihtes Glücke.
Im Marienmonat, dem des FEIGENBAUMES.
So, alles einmal ist nun angetupft und damit dargelegt.

Für ein und mein Register, halbheimlich in der Kreuzschmerzen-fördernden Kirchenbank notiert (eines zum Wortebewahren, zum Begriffefinden, zum Sichwehren, zum Verstehen), gesammelt aus Wien, ein wenig sogar für Wien, immer mehr werdend:
Jenseitsscheibletten, feinspitzende Kinderverzahrer hinten in der Sakristei, Traveserln in gestickten Chorhemderln, Vatikan-Zornbinkerln.
Die Gipsmärtyrer sind richtige Genusstypen, da in den Seitenschiffen, mit den Pfeilen im Gipsfleisch und den Wunden auf der glatten rosa Haut, die Kalbsaugen hochgerichtet, Jammer-Peperln. Ach, ihr Schneebrunzer. Und der Arsch is Kriegsminista!

Auf jeden Fall – apropos Genuss und Hölle – wird dringend dem Körper was zugeführt. *Der Körper verlangts.* Ein harmloses Tristan-und-Isolde-Gift wenigstens. So die landläufige, milde und daher erlaubende Meinung. Auch wenn ich Frühstück nicht mag. *Das Semmerl, Bims-Ersatz, und das Kaffeetscherl;* vielleicht etwas Rama drauf oder gar Butter und Marmeladiges und Honig. Frühstück ist doch Trinken. Auch noch und schon und schon wieder, hier, bald, das Haus Gottes nämlich hab ich bereits im Rücken.

Vor allem nun aber *zwicken,* abgesetzt, die geringen Speisen gut verteilt.

Nämlich noch vorbereiten – abends ins Theater, in ein Theater in Wien. Man sollte gerüstet sein, vorbereiten ist kaum möglich, aber rüsten! Rüstig! In die Welt hinein, die es ja dort nicht gibt, die nur aus Bestandteilen, aus Versatzstücken besteht, die es eben doch gibt. Rund um uns und im Kopf und im Bauch. Im Theater.

Also Bauch. Also Nahrung, also Tränkung. Vorsätzlich zugeführt als Vorsicht vor Unvorhergesehenem; denn das drohende Theater am Abend besteht aus nicht Bekanntem, nicht Gesehenem, aus noch nicht gehörten Sachen oder schon Erlebtem. Es wird um Musik gehen. Um eine Musik, basierend auf der Musik eines der Besten von uns. Der *Supi-Schubi* faciat. Sonst irgendwelche Arrangement-Typen, das halt ausführend. Man munkelt, es würde haarig werden. Eh fein.

Gulasch, Weckerln, Gsöchtes? Viel zu früh. *Warmgolatschn, Rollmops mit Krautigem und roten Scharfstückerln drinnen, dass es dir die Pappn einreißt, Eier im Glasl oder Eier hart und alt und mit Senf und Kren und Salz und leicht braun am Gelben und stinkend im Weißen?*

Das Stück wird/soll dann heißen MASSAKER IM DREIMÄDERLHAUS. Etwas mit: den Halbrücken hinunterrieselnd. Ich spürte schon jetzt, probeweise, etwas auf meinen kaum feuchten Oberschenkeln, innen, relativ hoch oben schon. Es wird heiß sein im Publikum. Stickig. Kaum Luftzug. Lähmend. Auf der Bühne mögen zunächst alle alle und dann niemand niemanden mehr. Es ist eben genauso wie Musik in und aus Wien. *Dass es dir die Pappn und die Glupscher und die Schweinsspitzerln einreißt.* Vorberichte gab es auch schon. Man wies auf die aktuelle Autorenlage hin. Auf die aktuelle Autorinnenlage, um genau zu sein. Denn Erstens kommen jetzt fast nur mehr Stücke von Frauen, und zwar schon zu 85 *Perzent,* auf diese Bretter und zweitens sind die chaotisch und grauslich zu mindestens 88 *Perzent,* vielleicht sogar schon zu 89 *Perzent.* Logik egal, weil von Frauen gefühlt. Zielrichtung detto fast. Diätetische Aussage beinahe ganz detto. Die Männer werden angeblich – am bald eintretenden Abend dann also wieder – von den zunächst ungemein putzigen Mäderln niedergemetzelt, so wie es die Frauenseiten in den sich intellektuell-kulturaffin gerierenden, sich derart selbst bezeichnenden Qualitätszeitungen suggerieren, hintergründig fordern. Geschlachtet werden sie vielleicht, jedenfalls aber ihrer wichtigsten Frauen-Penetrierungsinstrumente beraubt. Es wird ihnen keck – mit Musik von Franz Schubert – was entfernt. Von Auf- und Hochrufen begleitet.

So ähnlich, wie früher noch zu hören gewesen ist, mittwochs zumeist, wie beim Damentag, beim Catchen am Heumarkt. Wichtigste aufmunternde Aussagen aus den Frauenriegen: *Reiß eam de Genusswurzel ausse!* Schubert heute und weiterhin dazu gebraucht mit Hinweisen und Ideen aus der Vorlage im Original, also aus dem tänzerischen, lieben – es geht dafür kein anderes Wort – Finale der D-Dur-Sonate.
So viel im Erwarten des Abends. Ich marschierte währenddessen dahin wie auf Rosenkranz-Perlen.
Die Kirche im Rücken. Nachwirkungen in sich drinnen und draußen gesuchte *Stückerln* für heilend-helfende Wirkungsweisen, also Morgenflüssigkeiten und Morgenfestnahrung. Con amore. Der Ort dafür. Introibo ad altare Dei.
Nix Frühstück! Nicht zu viel Frühstück! Und zu viel wären schon Bröseln und Tropfen. Hinter mir – man sieht es zum Glück nicht mehr, auch nicht durch die geöffnete Kirchentüre mit der Innenverglasung wie für eine Riesenduschkabine –, hinter mir ruht das temporäre Altarbild des Hauses. Ja, es ruht. Wie eine schlafende Kröte. Was, übrigens, viele Bilder tun, gehen wir nur einmal in ein Gemälde-Museum. Vorwiegend eines für so halbabstrakte Kunst. Für *Lulus und Häuselgeschmiere und Affenpfotenzeug.* Dort drinnen, leicht im Kirchenraum seufzend und halbschlafend, ein neues Großgemälde vor dem Altar postiert als Zwischenlösung für klügere Gläubige, es wirkt nach, flüstert nach. Passionsspiel als Pinselung – alles ist in seinem Dusel dennoch weiterhin fordernd. In meinem Rücken. Ja, drauf sind vor allem Flecken platziert. In vielen Farben, alle hell. Gemacht wie mittels eines riesigen Wasserfarben-Farbkastens. Natürlich Eros und Thanatos, wenn man das so sehen und wahrscheinlich auch – eben weil fordernd –

hören will. Frauenkunst eben, die Männerkunst beschämen will. Frauenkunst im Sich-feucht-Ausbreiten gegen Männerkunst mit den vielen Farbspritzern. *Oschpritzn.* Die Flächen auf der Leinwand, Fragezeichen, sind vor allem in Gelb und Hellblau, eine Anspielung sicherlich auf die Ukraine, dann ein wenig in Grau an sich und in etwas schmutzigem Rosa gehalten. Grün fehlt. Seltsam. Lässt man alles ohne eine Detailsuche auf sich wirken, dann sieht man, in seiner Vorstellungswelt, trotz des *fäulenden* und nach *Altweiber stinkenden* Kirchenraum-Ods, dann sieht man ein paar Gestalten oder Gespenster vor- und mit- und eher nebeneinander, Fragezeichen. Nicht zu viel interpretieren. Eros war schon da, räkelte sich. Ein *Schleimschieben.* Aber vielleicht ist jedes bunte *Büldl* nur ein Eingang, einer zu einer Höhle, wo man das Gleichnis noch suchen soll und manchmal sogar findet? Warum handeln schließlich so viele S.F.-Sachen mit Stargates und mit kosmischen Wurmlöchern davon, also dass man wenigstens temporär fortdriften kann, im Kopf, mit dem keuschen oder geilen Leib, also mit dem anderen und mit dem eigenen. *Ogschpritzt.* Weit weg aus dem taghellen Tag und der Finsternis wie im magenöffnenden Schlund? Ein Raum? Eine sich stets ändernde Fläche, die dergestalt einen Raum suggeriert? Aber keineswegs eine angenehme Situation, sich drinnen schwimmend oder fliegend auf- und dann sogar wiederzufinden. Die Vorstellungswelt ist *ein Hundianer,* sie lässt allzu viel zu. Drum ist es besser, wenn auch oft *zum Schbeiben,* geht man in eine Galerie oder in ein Museum, welche Gegenständliches, Geschichten aus der schlichten Erfahrungswelt und vor allem den stets etwas perversen Heiligen präsentieren. Man hat einen Aufhänger, und sei das auch nur im zumeist etwas

primitiven Assoziieren. Aber ungegenständlich oder, wie man gern und falsch sagt, abstrakt? *Die Leute voll bescheißend?* Es ist, als würde man in ein Kinderplantschbecken voll mit nicht platzenden Farbtropfen geworfen. So ist also dieses Altarverdeckungsgemälde gemeint? Wenn ja, dann ist es gelungen. Weil es ..., was bloß? – Im Gegensatz zu den sonstigen Bildern und Abbildungen und Darstellungen und Figuren in einer Kirche, von den Tabernakeln und den Götter- und Götzenabbildungen in seltsamen Gewändern wie im Bibelfilm, in *Hemaden wia Weiba vor allem,* wollen wir gar nicht sprechen.
Weg damit!
Weg, das ist kein Weg.
Frühstück, endlich. Apfel? VORSICHT APFEL! DIE SÜNDE BEGINNT. Toll.
Ach ja, das Zaubermittel – bleiben wir nun einmal in der Schöpfungsgeschichte – und bei Evas gewaltigster Tat. Sie ließ den Adam-Mann, ihren Adam-*Buam* wohl eigentlich, die Frucht verlangen. Ihren Körper, ihren Geist, die Schlange und das Gottesgebot damit verhöhnend; wonach sie, die Eva nun wiederum, diesen Herrn Gott beschämt hat, indem der Mensch Erkenntnis bekam. Nein, sich aneignete. Nein, an sich raffte. Bravo. Erkenntnis, du Gnade und Fluch. Aber von Eva wurde so die wahrscheinlich größte Leistung der Menschheitsgeschichte vollbracht. Auch wenn das ja allerhöchstwahrscheinlich ein Märchen ist, ein Fake, eine dumme Geschichte, wie mehr oder weniger alles, was in den diversen Bibeln und Koranen so steht. Trotzdem und abermals: Bravo, Eva, Kompliment für die Erbsünde. Für das Märchen, zugleich für die Menschen genauso wie für den Gott. Für die Gott, meinetwegen, was weiß ich? Und? Hat sie

ihn geliebt? Die Eva den Adam? Gerade deswegen, weil er gekostet hat von ihr? Sicher. Der Haydn und der Van Swieten und die ganze Tradition zwischen Genesis und Milton und also Moses himself haben sowieso ziemlich exakt hier, lokaliter nun gemeint, hier zwischen den Wiener Kirchen das als Oratorium-Schluss formuliert und vertonen lassen und über die Leute gegossen. Eine Ohrfeige entwickelt sich da zu einem Kompositionsschluss der exquisiten Art, aber eben eine *Watschn,* eine Frechheit eigentlich, voll formuliert vom Götterboten namens Erzengel Uriel, ganz brutal. *O glücklich Paar, und glücklich immerfort, wenn falscher Wahn euch nicht verführt, noch mehr zu wünschen als ihr habt, und mehr zu wissen als ihr sollt!* [NB *Ihr Wappler* – Letzteres allerdings nicht vom Uriel, dem feuchten Paten und Schutzengel des sauberen oder stinkenden Pissoirs, formuliert.] Was es doch alles gibt im Himmel und zwischen Himmel und Hölle, also auf der Erde, also bei der Vertreibung aus dem Paradies, also bei den Ureltern, denen von der Maria und dem Josef und dem Jesu. Die Drohung sitzt: Wollet nicht mehr wissen, als ihr sollt! Ha!

Und mit solchen, sich dann ja sicher erweiternden und zum Kotzen anregenden, Drohungen gehe ich in einen Supermarkt, *zu da Billa,* erstehe zwei Äpfel und eine Dose Red Bull und bin etwas froher.

Den Red Bull schmeiß ich gleich wieder weg. Dieses beinahe schon Tristan-und-Isolde-Gift aus dem Roten Bullen lässt mich sofort beinahe kotzen.

Ja, ich hab die Silberdose mit den peinlichen Aufschriften aufgerissen, noch in den Propyläen von *da Billa:* Und bald, post probandum, *weggschmissen,* dahingekotzt, *gebröckelt.*

Für das Register halbheimlich, aber extra eingesacklt: ***Tschopperlwasser, Maschanskerer, Himmelherrgott, Hirnwixerei, Weibergatsch, Hirndotsch, Augphilipp, Gnackwatschn, Uriel: der Schutzpatron für de Pissoirs und für die Urologen und Urologinnen. Bröckeln!***

Noch immer befindet sich die Welt im Stadium der Überprüfung, also wir alle. Denn seit der Adam und die Eva am besonderen Apfel genascht haben, ein *Früchterl,* das ihnen die Gottesgleichheit suggerierte, jedenfalls aber ein Erkennen der Dinge, rächt sich der Gott, rächt sich die Gott mit all den himmlischen Heerscharen, die ihnen gehören und zuhören. Man wird von denen brutal und also unter Gottesbefehlsgewalt überprüft, dauernd, 24 Stunden am Tag und alle geschaffenen sieben Tage der Woche hindurch. Man, also wir alle, die wir jetzt selbst nur irgendwas erleben/erfahren/erkennen, werden kontrolliert, permanent überprüft, von den Erz- und Schutz- und sonstigen Engeln vor allem. Das nehmen wir einmal an. Und das geschieht wie bei der Gestapo, der Stasi, beim KGB, *von da Heh.* Scheußlich ist und war das im Grunde. Jedes Verhalten kann so jederzeit als politisches Missverhalten, im gegenständlichen Fall als Sünde, so hier oben zwischen Himmel und Erde und unten zwischen Fege- und Höllenfeuer, als Sünde, ja so der offizielle Terminus, ausgelegt werden. Und es wird so ausgelegt. Dergestalt wanderte ich also in *ane Billa* und erstand die beiden Fruchtstücke, die sauerste Marke aus dem Sortenangebot, sauteuer trotzdem, denn alles wird teuer, immer mehr, Stufe für Stufe, akzelerierend, die Auseinandersetzungen fordern ihren Preis, seelisch und real. Insbesondere betrifft das die Sachen, die man vielleicht täglich sich kauft, und nicht eine Wohnung oder ein Auto mit Diesel oder Dessous. Hineingebissen wie damals im Paradies, und ein Schlag passiert da, wie von Haubitzen und Donnerschlägen? *Schmecks.* Das neue Wissen hat noch nicht, kriegt noch nicht Saison. Eine besondere Erkenntnis stellt sich für mich jetzt, lange nach dem Paradies, nicht ein, eine gar mit einer Sünde gleich im Schlepptau, eine wenigstens, welche Gott beweist und zugleich lächerlich macht. Denn nach dem Sündenfall im Paradies, da stellte sich, im Gegenteil und weiland, sehr flott heraus, dass nach den diversen Schöpfungstagen, in welchen Licht, liebe Höhe plus Tiefe und Regen et cetera erfunden worden waren, dass also in dem Augenblick, wo es wirklich spannend wurde, also nach dem Menschbasteln, Gott sich umgehend blamierte. Der allmächtige Gott daher umgehend einen wüsten Zorn, *einen urndlichen Hoß,* bekam. Dass Gott zu seinen miesen Waffen griff, seinen Generalstab namens „Die Erzengel" aktivierte und zu wüten begann. Gegen die beiden armen, soeben erst erschaffenen, nackten Typen da unten im Paradies. Bloß weil die von einem Apfel genascht hatten, der toxisch gewesen ist, wie man aktuell so hässlich sagt, oder der wenigstens mit Drogen voll war. Ach, lieber Gott, es geht doch nie anders weiter auf der Welt als im Erleben, Erfahren, Erkennen. Massaker vor allem. VORSICHT APFEL! Apfelsaft *rauslutschen.* Liebes- und Todestrank. Begreifst Du das nicht, lieber Gott, in Deiner umfassenden Schöpfung? Oder, meinetwegen, begreifen Sie das nicht in Ihrer umfassenden Schöpfung? Das ist der Weg, für uns alle, auch für Dich, für Sie. Im großen „E" gehalten. E wie *Eierspeistrapper* oder *Erlustieren.* Wie Eistgleichmcquadrat? Aber bitte, Gott, eben nicht dann sogleich wütend mit Michael und Gabriel und Uriel – Satanas ist zum Glück sowieso schon abgefallen, abgesprungen aus der Partie,

der Teufel blieb unterm Himmel bereits übrig, um die ganze fade Schöpfung ein wenig plastischer werden zu lassen – loslegen wie mit schwerer altösterreichischer Artillerie. So weit kam ich also beim bibelexegierenden Dahinwandern. Musik im Kopf dazu. Wien damit wieder einmal neu gesetzt in Noten, aus Noten, aus versingbaren Phrasen.
Zum Beispiel: Gehört, vermommen also, jüngst; oder von mir selber zusammengebastelt? Unbeschreiblich grauslich, aber erst ein Anfang im Wlt-Massaker, aber so: doppelt Genesisgeschult.

Wonn i wo geh und siech die Hunderln pischen tun,
donn reiß i mich glei zsamm und rum,
daß i sie net datredn tua
mit meine superneichen Noglschua.

Und wonn i donn die Spotzn siach,
donn kriegn die von mir den Kriach,
i fetz de Vogaln voll vom Bam,
donn geh i ziemlich froh erst ham.

Denn die Natur ghört ogstroft voll,
besonders d' Viecha abmurxen ma soll.

Nachdem ich es der Natur so richtig gezeigt hatte, war mir leichter.
Neubeginn.
Apfelkompott.
Ja, so geht es.
Leicht.
Leichter.
Neuanfang.
Frisch erkannt.
Ein guter Anfang, ich zitiere mich.
Im Geschäft für Transzendenz, Moral und böse Sünde.
Der Ort, wo man Lust hat und auch keine.
Sich nun an den Pfeilern in einer anderen Kirche herumdrücken, apfelkauend.
Die Sünde der Erkenntnis – sowieso.
Das Vergehen des Ungehorsams – sowieso.
Die Pforten des Himmels öffnen – sowieso und ergebnisreich.
Dann das Gesicht an eine Glasscheibe vor einem U-Bahn-Abgang gepresst. Meine Gesichtshaut verzerrt sich, meine Augenbrauen spreizen sich, mein Mund geifert ein wenig. Sicher bin ich für Passantinnen und Passanten ein kleines Schreckgespenst. Ich rede mir zu und ein, das sei gut so.
Ich bin abermals, es ist mir nicht klar, warum ich zurückkehrte, umkehrte offenbar, schon wieder, gefangen in dieser Innenstadt, bin in einer Kirche gelandet, in dieser so unendlich hohen, die aussieht wie ein Silo oder ein Speicher vom Bauhaus an der Weinviertler-Waldviertler stufigen Grenze. Oder auch wie ein Riesenmodellbau in Cape Canaveral. Oder die gestrandete Arche des *Wixxers* Noah. Die Minoriten hausten da. Maria Schnee ist es einmal auch gewesen. Welch schöner und

zugleich dummer Name. Die Piusbruderschaft sitzt nun drinnen und ist ein konservativer Männerzirkel mit den vor allem miesen Auswüchsen von Männerzirkeln.

Wixxer mit zwei x. *Supa!*

Oder auch mit dreien.

Unschöne Gedanken gab es nun bald von mir, sitzend in dieser Zwangsjacke eines Sakralbaus. Dabei waren allerdings auch gute erinnerte Fundstücke für das halbheimliche Register, solche aus dem männlich-infantileren Bereich, dennoch, gerade hier, adäquat, sogar als Schutzumschreibung für plötzlich Desiderates:

Puppey, hau di zuwa, da Körpa verlongts.

All das Gerede betonte dabei nur meine Verlassenheit. Die Äpfel erzeugten ein leicht brennendes Rülpsen. Hilfe dagegen, again:

Puppey, hau di zuwa, da Körpa verlongts.

Die Frau stand dort mit irgendwas zwischen den Fingern. Es war kein *aufzianglender* Rosenkranz, oder doch einer?

„Maria, Jungfrau, die Du alles – nach Adam und Eva – neu verursacht hast."

„Maria, Jungfrau, die Du alles – nach dem Sündenfall – wieder errichtet hast."

„Maria, Jungfrau, Du Beschützerin der friedensbewegten Atombombe."

Das war schon einmal recht gut. Die noch junge Frau dort vorne, jetzt voll Eifer mit irgendwas zwischen den herumspielenden Fingern. Eine absurde Situation war das, oder eine intensive oder ein Mix-up oder ein *Zwischenhaxengeiles?*

„Maria, Jungfrau, die Du Deinen Sohn beschneiden, also ihm was abschneiden, ließest."

Patz!
„Maria, Jungfrau, die Du Deinen Sohn dann aufgeopfert hast im Tempel, schon sieben Tage nach Weihnachten, und ihm ein Vorhäutlstückl nehmen ließest."
Patz, mit einem verhutzelt übriggebliebenen Vorhauttrümmerl schlussendlich!
„Maria, Jungfrau, Du hinterlistige Gottesanbeterin."
Auch das war durchaus vertretbar. Die Frau da vorne dürfte das jetzt von mir gespürt haben. Sie spielte nämlich nun nur mehr mit dem Rosenkranz, oder was auch immer zwischen den Fingern baumelte, oben an ihrem Hals vorbei. Ich lauschte, ob bereits ein befriedigtes Murxen vernehmbar wäre.
Ja? Bitte wieter!
„Maria, Jungfrau, die Du uns Geheimnisse lehrst."
„Maria, Jungfrau, die Du uns das Fürchten lehrst."
„Maria, Jungfrau, Du Geschmückte mit den 59 Perlen."
Ich spuckte noch ein paar Hautreste vom Apfel nass auf den Kirchensteinboden. Dann zwängte ich mich in eine Bank, die Frau noch allemal im Blickfeld.
Puppey, no imma Ungfickte, hau di zuwa, da Körpa verlongts.
Die heimlich vor sich hin gemurmelten Wunschsauereien sind immer auch ein feiner Eskapismus. Ich fühlte mich wie eine Hauptfigur in oder auf einem Bild des Edward Hopper. Einsam, aber nicht allein. Schauend und beinahe nichts erkennend. Im Dusel ohne Rausch. Geweiht ohne Religion. Wertvoll im Dasein aber nur für mich. Nach Wahrheit forschend, aber das als Fake im Bild. Verzweiflung groß mit Verzweiflung süß. Verzweiflung allgemein und Verzweiflung mit Familie oder noch engeren Menschen.

Fragen am Morgen sind das gewesen. Ich flüchtete inside wieder in einen Rhythmus, um aus dem drohenden Bau zu flüchten.
Der Rhythmus war leicht zu finden. In unserer Zeit schließlich? Wo die neue Musik fast nur mehr aus der Wiederholung von kleinen Rhythmen-Modulen besteht, im Grunde nur von Rhythmus-Modellen.
Neuanfang.
Die Apfelschalen bald im Rücken, also auf die Erkenntnis *geschissen,* hervorragend und mutig zugleich. Wie der tolle Adam und die tolle Eva. Denn Gottes Schöpfung begann mit einer Niederlage Gottes!
Ein guter Anfang: wie eben erst im Mief der hohen Räume, hinter dem Klappern der Bet-Rhythmikerinnen, mit sich hochdrängenden, zu wenig gekauten Apfelstücken unterhalb der Speiseröhre. Der Apfel blieb Erkenntnis. Wofür oder für was oder wozu oder wohin oder warum war Nebensache – noch.
Nächste Strophe, zusammenfassend, inhaltlich darauf bezogen:

Da Opfl foit ned weit vom Stomm,
drum loß i mei Moral dahoam.
I streck mi aus und – meiner Söl –
es geht ma guat, fahr i in d' Höll.

Wos schert mi dann no Tanszendenz?
Wenn i vor lauter Sünden glänz.
Und unsan Herrgott damit pock,
in seiner Schöpfung i donn rock.

De Wölt is guat, die Wölt is leer,
wie Santanas vom Hopperer.

Es war der zweite Neubeginn.
Auch leicht.
Ganz leicht.
Noch im Zentrum von *dera Weanastodt.*
Männlich.
Apfel.
Äpfel.
[Welche Sorte verführte zum Denken?! Welche?!]

Genusswurzel und Eierspeistrapper.
Höll.
Satanas im Zwetschkenkompott.

Für das Register ein Zitat, ein sehr gutes, geliebt geradezu, K. Bayer!
Glaubst i bin bled, dos i was, wia i has –
glaubst i bin bled, dos i riach wia du stinkst.

Der Sündenfall eben als die ziemliche Welt, was immer in der der Fall ist.
Angeblich alles, so der Witti-Luigi. Der *Kinderverzahrer als Phili.*
Was mache ich aber heute noch?
Ist das Tagewerk nicht schon erfüllt?
Feierabend an der Schwelle zum Dienstbeginn? Und dabei gehört Feierabend bereits zu den blödesten Worten; so wie lecker z. B. oder schlemmen.

Der Sündenfall, einst, als alles begann.
Als die Welt mit einer Niederlage Gottes anhob.
Als die Sonne sofort wieder stürzte.
Existieren bis zur nächsten Lichtung.

Rhythmus. Ja, Rhythmus.
Heraus jetzt!
Sonne stürzt!
Wir fangen immer wieder was Neues an und es ist bloß ein Auflodern schon abgelaufener Geschehnisse. Von solchen, die eben weg sind.
Auf dem Weg war ich, noch und in der Frühe. Ein typischer Weg? Daher fürderhin typisierend? Wichtig: Im Kopf sind die Gerüche geblieben. Der Mief. Die Frucht. Dieses Odium, wenn fetzige, schlimme oder eher doch grausliche Gedanken und Zitate im Kopf sich breitmachen. Die aus der Catcher-Szene, von der *Genusswurzel,* gemixt mit Rosenkranz, *Fingerreibeln für Altlastige,* die Tatsache, dass Rhythmen riechen, das Erleben mit nachfolgendem und zusammenfassendem Erfahren und nachfolgendem, überhaupt bündelndem Erkennen, was zur Elevation und zur Erhabenheit im Einklang mit dem Einzigen

führt. Angeblich führen soll, natürlich. Ein Trick Gottes ist das, einer der Göttin, der Götterfamilie, Patchworking oder überhaupt queer, also Kreuz und Quer dann im Endeffekt des ziemlich privaten Leidens, eines von denen zum Zwecke der Weltenrettung. Ach ja, der Endeffekt. Im Düfteaufspüren und -nachspüren erinnerte ich mich. Es gibt nicht nur Erleben, Erfahren und Erkennen im Endeffekt, sondern auch noch das Erinnern, das, selektiv wie es so gerne nun einmal ist, einem die Zusammenhänge auseinandernimmt. Mir zerfetzte es sie sogar beinahe, jetzt in der Frühe noch. Aber ich erinnerte mich, heute würde es nicht nur ein MASSAKER IM DREIMÄDERLHAUS geben, uraufgeführt, sondern davor auch den TRISTAN, also diese elendslange Oper über den Tristan und seine Isolde vom *Wagner-Wuzzi.*

Aber!

Gegeben, vorgeführt aus einer Kirchenorgel. Tatsächlich. Kein *Schmäh.* Bald. Vorproduziert in Teilen.

Geduld.

Im Schöpfungstag heute wird Zeit und Platz noch genug sein dafür.

Sozusagen von Asterix bis Zoroaster.

Jetzt rasch zwischenzeitlich noch einmal gesammelt für ein und mein ganz besonderes Register, für Wien – ein Bericht:

Si zuwahaun, im Oskar-Werner-Stimmenimitator-Schmäh, überhaupt im Schmäh, der rennt, der einfach guat is, der als Schmäh Anazwanzg Aufstiegschancen für wirkungsvolle Bedeutungen bekommt, der Hans-Moser-Schmäh natürlich, der André-Heller-Schmäh, vom Schmäh der Sisi und der Sissi und der Kathi nicht zu reden, der Baldur-von-Schirach-Schmäh als

Beweis, dass der Wiener Schmäh auch nur halb ist, der Romy-Schneider-Schmäh als Beweis, dass man auch mit einer höchst einseitigen Penetranz Karriere machen kann.

Ich stand noch allemal vor der Michaelerkirche, wäre zuvor aber fast in das Antike-Loch hineingeplumpst vor dem Haus ohne Augenbrauen, aber erbaut von einem so irgendwie Moderne-Erfinder, der zudem ein beinahe professioneller *Kinderverzahrer* gewesen ist. Hinübergeblickt dann in die noch reichlich morgenleere Gasse für so genannte Herren, so dann aber zu den Minoriten, ebenfalls Heimstätte für metaphysisch, aber höchst weltlich Grausliches, dort den Rosenkranz abschnittsweise absolviert und Wichtiges noch einmal, mich herannähernd wie im Rückwärtsgang, memoriert, marianisch moderiert.
„Maria, Jungfrau, die Du uns überleben lässt."
„Maria, Jungfrau, die Du einen brunftigen Erzengel zu Besuch hattest."
„Maria, eine recht junge Frau bist Du damals noch gewesen. Kein Mädchen mehr, aber auch keine leicht schon *angschimpelte* Alte. Verführung im Absolutpunkt."

Registriert nun noch, wie gehabt, aber für: Wien – ein Bericht:
Frauenleid, Frauenlust, Frauenschmäh, Frauenhaar.

Ich *schmiss* mich also geradezu in die entsprechende *Bim,* in den *Vieravierzger, abfahrend vom Jonasreindl,* hinausgleitend gen Ottakring, *tschundernd* beinahe bis zur Endstelle, bis zur 10er Marie, angeblich der älteste bestehende Heurige der Stadt, und zur Alt-Ottakringer Kirche, die ziemlich groß ist, im Gegensatz zur Namenssuggestion aber ziemlich neu gebaut, historisierend aber wie, der Dom zu Speyer und Ähnliche standen Pate, doch eine brauchbare, etwas wilde und gelegentlich plärrende Orgel drinnen. Heute würde es – abermals? – wieder ein besonderes Orgelfest geben. Drinnen. Ein angeblich toller, gewandter, aber leicht verrückter, *im Hirn angeschütteter* Musiker würde die Oper „Tristan und Isolde" vom Wagner Richard aus dem, auch mit eingearbeiteten Gesangsstimmen vollen, Klavierauszug spielen. In der Frühe/vormittags den ersten Akt, am Nachmittag, obwohl originalzeitlich ja ganz unpassend, den zweiten, am frühen Abend und in die Nacht hinein den dritten, in der Kirche wohlgemerkt. Von oben, in Hunderttausenden an Tönen verstreut. Vorbei ging es also mit der *Tramway,* zuerst an den Bürger-Mauern mit vielen Winkeln, in Richtung Westen, dann über den Gürtel, vorbei am ganz hübsch werdenden *Jugo-und-Kümmeltürken-Markt,* dann vor allem an den die Straßen säumenden Falafel- und Frauenmäntelgeschäften für Frauen unter Zwang, dann an der Brauerei für das *Sechzehnerblech,* dann über einige Kreuzungsstraßen drüber, wo man weiland noch Material fand für Morde oder Hausmeistersagas, dann: den Platz erreicht, scheußlich eingesäumt von Kommunalbauten, die Kirche inmitten, der Heurige rechts, jetzt bald wieder offen. Weiter vorne sah man Bäume und Umrisse von jener Lokalität, die einst von jemandem namens Maschek betrieben wurde, die also der 10er Marie gegenüberliegt. Von dort stammt, nein, dort heraus wurde eine der wunderbarsten Bezeichnungen geboren, die es als Richtung bzw. Richtungsweisung bzw. Richtungsangabe in Wien und aus Wien gibt, die *Maschek-Seiten,* also jene Straßenseite auf der anderen Seite, auf der anderen Seite von der leicht legendären 10er Marie, einst tatsächlich noch ein Heuriger mit Hof und Stuben für, wie es hieß, *Direktoren und Diseusen, Buberln und Überstandige, Jungsaftige beiderlei Geschlechts.* Noch beinahe billig, weiland, billiger als drüben in Grinzing oder Nußdorf, heute schlechter, dafür teurer. Der Weinheber Josef hat das und die Gegend im Gedicht „Alt-Ottakring" beschrieben, die Poesie, als die Stadt noch nicht grau ins Grüne drang, als es noch alte Hoftore gab, als man angeblich Arbeitslieder beim Weinlesen gesungen hat, als man Harmonikamusik machte in den Wirtshöfen. Ein tatsächlich stimmungsvolles, atmendes, riechendes Gedicht. Er, Weinheber, ein Zerrissener, das Gegenteil von seinem Hymnusanspruch und der eingebildeten Hoelderlin-Nachfolge. Der Poet Wiens in der tatsächlichen Dialektik der Stadt. Das Nazi-Schwein mit der Lust am Untergang wie alle Nazi-Schweine. Also abermals hinein jetzt in so ein saukaltes Haus Gottes. Es hatte sich herumgesprochen, es würde ein ganzes Konzert über Tag geben, eine ganze Oper, zwar ungern, aber doch ganz erlaubt von der Pfarre oder der Kongregation oder was halt auch immer. Platz nehmen, so seitliche Mitte rechts. In ein paar Minuten wohl würde die aufsteigende Sext anheben, gefolgt von leichtem Absteigen und einem Akkord, den man bald die Aufhebung der orthodoxen Tonalität genannt hat, den Beginn der Moderne, den ersten Versuch, an einer – welch blödes Wort – atonalen Musik zu arbeiten. Hinein also in die, das Kreuz schon wieder ungemein peinigenden, Bankreihen. Stille, nur ein paar Schlürf- und Schürfgeräusche, dann auch ein wenig die Blasevorrichtungen vernommen, von dort oben neben den vielen Registern und Regalen. Also, ich sagte es mir noch einmal vor, war schließlich hingewiesen worden darauf in Bezirkszeitungen und ich hatte es auswendig gelernt. Man macht eine Action. Man schüttelt sich aus der Orgelempore und gegenüber von der 10er Marie zusammen und spielt an einem Tag, es ist ein Dienstag vorgesehen, den ganzen Tristan-und-Isolde-Quatsch, diese Todeserfindung von Musik, aus einem vollen Klavierauszug mit beliebiger Registrierung vor. Unten kann man gratis sitzen, zuhören, stille sein, jedenfalls hat man mutig und dennoch abgestoßen den üblichen Alt-Weiber-Kirchenmief zu ertragen. Meinetwegen auch mitlesen, aber lieber nicht. Ich war rechtzeitig da! In der Kirchenbank und arm wie die Maus dort unten. Alles wartete, man hatte bloß guten Mut, denn oben raschelte und rieb es akustisch bereits ein wenig. Und von oben kam es herunter. Das etwas geile Bewegungsgeräusch. Ich saß in der historisierend aufgebauten Kirche, in einer dritten schon seit nicht einmal drei Stunden des Dienstagmorgens, in einer, die übrigens behauptet, sie diene der Erhöhung des Heiligen Kreuzes, na toll, wohin soll dieses Kreuz denn noch hinaufgeschubst werden, und wieso ist das Holz heilig? Na egal. Sentimentales Geschwätz der Glaubensleute. Die Kirche hat übrigens die Adresse Johannes-Krawarik-Gasse 1, benannt nach einem Herrn, einem Geistlichen Herrn noch dazu, namens Johannes Krawarik. Ehedem. In dieser Form erst 1912 fertiggestellt, wobei man sich fragt in Ansehung der Kunst von 1912, ob die Typen damals keine anderen, so halbheiligen Wunschvorstellungem gehabt haben, als einen derartigen Gottesbunker neu zu errichten, denn neu, ja, natürlich, ursprünglich, sind zuvor *Kapellerln* und solche *Armutschkerln* dort gestanden, von hereinbrechenden Osthorden jedes Mal kaputt gemacht oder geschändet und so halt, lauter hübsche Sachen. Es ging schließlich im Grunde immer gleich dahin. Die *Ostler* retteten uns zwar sehr gelegentlich vor dem eigenen Faschismus-Glück. Sonst aber machen und machten sie Grauenhaftes. So Basisgrauenhaftes: also umbringen, zusammenschießen, vergewaltigen – bis heute, bis heute mehr denn je. Die angebliche Transzendenzphiloso-

phie des eintretend Guten nach dem Sündenfall mit dem Apfel und eben dann ein paar Milliarden Jährchen dauernd bis heute, die *ist für den Oasch, den Kitzeloasch, das Oaschfingerln, das Scheißloch.* Die Szene begann ein wenig langweilig zu werden. Vielleicht war man, angekündigt zwar in Bezirks- und Pfarr- und Gemeinde- und Sozialblättern, dem Ganzen doch nur auf den Leim gegangen? Zudem, hat wirklich jemand behauptet, es würde an einem Dienstag im Frühjahr ab der Frühe der Tristan mit der Isolde vom Richie Wagner aus einer, zugegeben wummernden, Kirchenorgel gegeben? Ich strich meine Hose glatt. Richtete die Eier wieder brav und zum Marschieren gerecht nach links, zog mich aus der kreuzvernichtenden Kirchenbank langsam wieder auf. Schaute mich um. Roch den allbekannten Kirchenmief. Holte mit der Zunge – VORSICHT APFELERKENNTNIS AUCH ORAL MÖGLICH! – noch ein Apfelhautstückchen aus dem Spalt rechts oben, zwischen fünftem und sechstem. Schüttelte sicherheitshalber den Kopf, damit das Publikum ersehe, dass ich mich nicht anschmieren, *moscherln* oder *bescheißen* ließ. Und fiel gleich wieder zurück in das harte Gestühl, denn es begann.
Es begann so, wie es in der Partitur und im Klavierauszug für jedes Benützen speziell steht.

TRISTAN UND ISOLDE – HANDLUNG IN DREI AUFZÜGEN. Einleitung. Langsam und schmachtend. Sie kam als ein Brei von oben. Ein *Gatsch mit Fransen. Ein Lulu-Oldschatterhänd.* Als ein Konzert aber, das es bisher kaum noch dergestalt gegeben hat. In einer halbvollen Kirche. Bei Kommen und Gehen. Wagner in Alt-Ottakring. Es war vorteilhaft, die ganze Chose schon halbwegs zu kennen. Dichter werdende Klangwolken. Sehnsuchtsmotive doppelt. Das Todesmotiv Numero eins. Raufseufzen und Runterkotzen. Mehrfach. Schließlich ein Schillern und ein Schimmern, sonst in den Geigenläufen, noch nicht Jugendstil, aber bald. Die Kirche ist nun tatsächlich klangwolkenvoll, aber alles stürzt ab. Ein paar Minuten lang hat sich der Tristan mit seiner Isolde aus der Orgel abgespielt, komprimiert wurde das Drama schon als Musik zusammengefasster Vorgeschmack, zum Üben quasi, als *Kitzelkosterl.* Und das hier in Wien, liebes- und todesgetrunken wird bald angesichts des angeblich ältesten Heurigen, wo alles, was noch lebt, laut einem Spätnazi-Poeten und -Künder sowieso Traum ist. Also passt es sowieso zum Richie, der weiland vergeblich versuchte, seine Opernübermasse in dieser Stadt herauszubringen, uraufgeführt nach Dutzenden an Proben und Schulden. Wir sind zwischenzeitlich wieder unten mit der chromatischen Musik, die irgendwie immer kleiner wird. Man bleibt mehr oder weniger stehen. Auf aneinandergereihten Einzeltönen. Hier passt die Orgel noch am ehesten. Die plumpe Sehnsucht ist perdu. Acht Töne weisen in eine Ewigkeit, machen die Brücke auf zur nun tatsächlich ausbrechenden Handlung. Der junge Seemann singt zwei Frauen auf Deck eines Schiffes an. Es geht um Himmelsrichtungen, den *üblichen Weiberjammer, wenn man einmal nicht vor ihnen jederzeit oder sogleich kuscht.* Man hat nämlich, die beiden jungen Frauen sind gemeint, Isolde und Brangäne heißen sie, tja, man glaubt es nicht, man hat das Gefühl, von denen *verarscht* zu werden. Wieder einmal. Und im Ost-West-Konflikt Isolde diesmal als wilde, minnige Maid. Ach, Meister! W.-Meister aktuell. Mir war und ist so was nicht fremd. Im Gegenteil. Vor allem hier in Wien. Da sind schon die engeren Wienerlieder voll davon, sind Partner zum Tristan aus der Kirchenorgel zu Ottakring. Neben dem Komasaufen, den oft gar schrecklichen Sentimentalitäten die ach so herrliche Stadt betreffend, vor allem deren Vergangenheit, sind es die Frau-Mann-Sachen, die besungen werden, eben wie hier im Tristan, soeben unter der ersten Stabführung eines etwas pubertären jungen Seemanns, dann im heftigen Streit, dann, wie auch voll üblich, im Vergessen von allem. Mit dem Zauber- und Todes- und Liebestrank. Hierorts natürlich eben jener, eben der, und den muss man wie die heutigen Theaterstücke in Versalien vorstellen, na ja, also, noch einmal, wie der WEIN. Eben! Dieses *Stück vom Himmel, der Tod auf Raten, mit Weib und Gesang.* Tristan ist mit Wein und Weib und Gesang ein voller Wiener. Isolde? Eine Norddeutsche eher. Eine rotblonde vielleicht und hoffentlich. Hellhäutig und damit sowieso schon ein Rassenskandal. Witzlos ist sie. Leider. Sie regt sich auch sofort über alles auf. Soll sie. Die Sache nimmt ihren Lauf. Der Organist und seine Hilfe dort oben, sein *Hilfsschakl* an der Registrierung, bemühen sich sowieso. Die Isolde ist und bleibt independent. Der Held ist verwundbar, überall an Leib und Seele. Queere kommen noch kaum in die Quere, nicht einmal aus den Orgelpfeifen. Die Orgel erzählt eine Geschichte von allen gleichzeitig. Viel kriegt man aus den verwobenen und verstrickten Musikeinzelteilen gar nicht mit. Ist aber auch egal. Brangäne wird geschickt, Tristan zur

Rede zu stellen. Sie trifft erstens auf Mannen, die sich voll über das Leid der Frauen lustig machen, diesen *Weibergatsch.* Dann auf den *Lulli*-Junghelden selbst, der entweder irgendwas Böses gelesen oder im Fernsehen betrachtet hat, oder der einen saftigen Kater mit sich herumträgt. *Restogsoffn is a.* Verständlich wird das, muss der Held doch schließlich so eine Art erste große Liebe dem Chef zuführen. So etwas wie sein Tanzschulglück, das Mädel, damals. Man war schon damals, noch dazu mit Waffen, in einem präkoitiven Zustand gewesen. Aber leider. Die Waffen sanken damals, noch, trockneten aus. Welch herrliche Bilder, Genial-Metaphern zugleich. Ein klein wenig sich also aufgeregt, zwischendurch, in der harten Kirchenbank mit dem Tristan. Der W. hat nämlich die etwas fade Angewohnheit, der *Kellerquatscher,* während der Handlungen, auch zwischenzeitlich, so im „Ring", auch so im „Parsifal" und überhaupt, vor allem von den *Lullis* und Halbgöttern die diversen Vorgeschichten erzählen zu lassen. Ächz. Anstrengend. Das tut er, der W., damit er seine Leitmotive mehr und mehr und kombiniert unterbringen kann, als bekäme er einen Mengenrabatt dafür. Die Brangäne ist zwischenzeitlich heulend zurückgelaufen. Die Isolde hat einen noch größeren Hass bekommen. Beide *jeiern* sich minutenlang an. Bis nun auch noch die Isolde die Vorgeschichte zum Besten gibt. Also das Präkoitive mit dem Tristan. Vor ein paar Jahren erst, und alles offenbar peinlich gescheitert.

Ich schrie aber nicht deswegen auf, es brauchte mich also auch kein Engel zu hören. Ich flüchtete.

U N D: ACHTUNG EINSCHUB JETZT!
NB: Ein Einschub dieser Art wird nicht (!) mehr kommen im vorliegenden Text. Kein ähnlicher, kein nachfolgenreicher, nix. Es erübrigt sich also, bei primärem Desinteresse, den überhaupt zu lesen – oder aber bei kleiner Neugierde sich den zu geben und sich daran zu erfreuen oder – mehr noch – sich über diesen Einschub zu ärgern.
Es geht, auch im ganzen nachfolgenden Text übrigens, bloß das merkt man nicht gleich oder irgendwie gar nicht, was eh besser wäre, es geht also um die Erkenntnis an sich, und zwar auch um jene, die sich vielleicht vor allem im Künstlerischen oder gar im Genialen verbergen mag, aus dem Kreativen jedenfalls; es geht darum, dass die Dinge gleichzeitig sind, ohne dass das aber was mit ihrer Wertigkeit beziehungsweise Wirksamkeit zu tun hat. Das Leben im Alltag, also jenes, in dem wir eben erleben, erfahren, vielleicht sogar erkennen aus den vielen Dingen rund um uns, die wir zum Teil sogar selbst zu verantworten haben, dieses Leben im Alltag also gleicht demjenigen „Leben" im Inneren des Atomkerns, worüber man sowieso nur spekulieren sollte, im Gegensatz allerdings zur aktuellen Nano-etc.-Wissenschaft, die damit umgeht, als wäre es ein Spiel auf der bunten Märchenwiese, und es gleicht der Gesamtheit des so genannten Alls, des Weltalls gar, an welches ebenfalls von den „Experten" und „Expertinnen" recht kindische Erklärungsversuche und Wortunsinn gelegt werden. Die Zeilingers und die Raumteleskop-Konstrukteure mögen ganz nette Leute sein, sie postulieren sogar den Pas de deux der Quanten und der Räume, die sich noch dazu ausdehnen sollen und dabei uns das Licht heimtückisch mit- oder wegnehmen. Aber bereits rund um das vergleichsweise unspektakuläre Geschehen an diesem Wien-Spät-

frühlingsvormittag, in expectu Pfingsten, mit geheimnisvollem Wein, mit Apfelsünden und mit dazu überhaupt nicht passender Musik und so weiter und so fort ... Oder, noch poetisch und deshalb härter: Drinnen – im bisher entdeckten, nachvollzogenen Kleinsten geht es genauso gleichzeitig zu wie im All, und alles von ALL bis Mini ist ein *Lercherlschas* ***– geht man mit hinein ins Massaker. Wir klammern uns schutzsuchend an R. M. Rilkes „Duineser Elegien" fest, an der zweiten bereits: „Schmeckt denn der Weltraum, in den wir uns lösen, nach uns? Fangen die Engel wirklich nur Ihriges auf, ihnen Entströmtes, oder ist manchmal, wie aus Versehen, ein wenig unseres Wesens dabei? Sind wir in ihre Züge soviel nur gemischt wie das Vage in die Gesichter schwangerer Frauen?" Allein gar – wir sind noch immer im vorausblickenden Einschub – dann mutig in den Schluss geblinzelt, der mit dem Brunnen vor dem Tore, dort steht nämlich ... und wo gesagt und gefühlt wird ...***

Ich flüchtete.
Vorgenommen hatte ich mir des Morgens diesen T. & I. sowieso nur für eine kurzfristige Vorkosterlust. Flüchtete in die Gnade. Es war schön-schaurig und zugleich lächerlich auch. Kaufte mir zunächst draußen in einem Anker auf der Hauptstraße ein mürbes Kipferl. Ging mampfend zum Heurigen hinüber, um mich dort im vormittagsbeschienenen Garten ein wenig von der Tristan-und-Isolde-Handlung und den ersten Liebes- und Todes- und Sehnsuchts- und Helden- und Zornesmotiven und so weiter ein wenig zu erholen. Um zu *tanken.* Na, *Schas im Woid.* Alles *bummzua,* weil an einem Vormittag unter der Woche angekommen. Da zahlt sich ein Anbieten nicht aus. Und die *Berufstippler von da Weanastodt* sterben sowieso

langsam aus oder versorgen sich *bei da Billa oder im Hofa.* Gott ist also wieder einmal ungnädig mit mir. Er schickte mich in seiner Gnadenlosigkeit wohl glatt zurück in die Kirche! Wo man, welch Unsinn doch, jetzt von der Orgel aus und dort aus einem gerafften Klavierauszug die Oper „Tristan und Isolde" des Wagner Richard runterbrüllen lässt. Aber! Gott ist doch – noch – nicht, auch heute noch nicht, tot oder er hat heute wie jeden Tag eventuell Namenstag, man müsste im Kalender oder im Googele nachschauen; oder die Maria dort oben bei ihm fragen, was morgendlich nett gewesen wäre und der Heilige Geist vergnüglich-spitzfindig gefunden hätte. Jedenfalls. Man fordert heute: keine Erbsünden-Folge nach dem erkennenden und zugleich fatalen Apfelschmausen, damals im Nochparadies, bevor die Engel mit Feuer und Schwert, also den legendären *nassen Aufreibfetzen von da Hausmastarin* des Himmels, *die Evi und den Adi* verjagten. Am Tore. Ich hatte *gepumpert,* eher unabsichtlich und enttäuscht. Allein, nachdem ich dem Gift-Etablissement, absichtlich und enttäuscht, den Rücken bereits halb gekehrt hatte, da tat sich ein Fensterladen – die 10er Marie ist vor allem ebenerdig, sehr tief ebenerdig, weil gesunken bereits – schal und scheu auf. Eine weiße Hand winkte heraus, eine, die auch zum jungfräulichen Hofstaat der Isolde gepasst hätte, eine wie aus den Jugendstilgedichten und -malereien. Das Winken verstand ich gleich keck als Aufforderung, umzukehren. Man sollte sich ja öfter ein Umkehren leisten. Es üben geradezu. Ach, hätte das unser Herr Tristan himself nur auch getan auf dem Schiff, damals im Frühmittelalter, segelnd, *tschundernd* nach Cornwall oder irgendwohin dort drüben halt. Aber nein. Ich jedenfalls folgte, sehr laut murmelnd: erstens um Verzeihung bittend ob der

Störung noch in einer *Gabelfrühstückszeit;* zweitens, dass ich ja nur hätte höflich, aber bittend haben wollen ein *Henkelglasl mit gemischtem Satz* voll; drittens, dass alles auf dieser Welt vergeblich wäre. Die Hand zog sich beruhigend abwärts, also zunächst zum Bleiben einladend, dann zurück, der Laden schloss sich vor dem Fenster. Ich wartete. Welch kühne Gedanken flogen durch das Denken. Solche natürlich über die Zufälle, über die Gnade an sich jenseits des Paradieses mit seinen *voll beschissenen* Erkenntnissen, ohne dass da und damals Erlebnisse oder Erfahrungen vorausgegangen und sowieso kaum gefolgt waren. Nein, voraus hätten gehen können. Die Welt damals, nach dem Lichtblitz, war ja erst seit rund sechs Tagen erschaffen. Drüben aus der Orgel vermutet wohl gerade die Isolde, dass man der vifen Mutter Künste bedenken sollte. Eine, die ihre Tochter auf Hochzeitsreise schickt, um ihr aber nicht nur einen *Aufgeilungs*trank mitzugeben, sondern auch ein *Mördersafterl. Was mache ich nur, so geht es mir im Kopf herum, während ich warte und noch nicht weiß, wieso und warum. Was mache ich nur, bekäme ich nun einen Trank im Heurigen-Schuppen? Wüsste nichts. Wüsste nicht einmal, ob so banale Dinge wie Tod und Leben sich nun mir stellten. Die Antwort: Endlich? Die Antwort: Danke? Die Antwort: Gott ist weg und Wien bleibt übrig?* Der kleine und schmale Fensterladen, so schmal wie die schöne jugendstilige Hand von ehedem, knarrte. Nicht viel, aber doch. Am Rücken das verspürt. Im Halbrücken, herunterrieselnd. Ich merkte damit schon wieder etwas auf den kaum feuchten Oberschenkeln, innen, relativ hoch oben. Die also ebenso schmale wie schöne Hand winkte mir. Sie wurde zurückgezogen, dann wieder vorgestreckt, umgedreht in eine sprichwörtliche hohle Hand, auffordernd; ich schritt einfach mutig drauflos, holte Münzen aus der Tasche, legte sie in diese Hand wie ein Versprechen; die Hand wurde geballt, sie zog sich zurück, ein paar Sekunden Stille und nichts geschah; dann Hand retour mit einem alten *Henkelglasl* voll weißen Weines. Ja, Gott ist - noch - nicht tot. Drinnen in der Kirche war man im Tristan-Nachspielen wohl jetzt so in der Gegend vom Zusammenräumen der Isolde und der Brangäne gelandet, auch dort ein hell-kühler Vormittag, Spannung auf Deck, irgendwann wird was passieren, der gealterte König, ein leichter *Impotenzler* wohl bereits, wird kommen, fordern, man muss sich wehren gegen diese Frauen-Vereinnahmung, mit Tränken, Liebes- und Todesgetränk. Gefunden hab ich mich wirklich und eigentlich erst unter einem schäbigen Baum. Wie beim Rilke, wenn er einmal so richtig geil wird, was sowieso keiner merkt. In der sechsten Elegie etwa, erinnernd und zitierend, da wo es heißt: *Feigenbaum, seit wie lange schon ists mir bedeutend, wie du die Blüte beinah ganz überschlägst und hinein in die zeitig entschlossene Frucht, ungerührt, drängt dein reines Geheimnis.* Ich nahm einen halbtiefen Schluck, dann noch zwei ganz kleine, ich blinzelte herum, ah, noch ein ganz kleiner, das Glas halbvoll geblieben, ah, verbarg das ebenso halbleere Glas unter dem Rock, holte es auf den Kirchenstufen wieder hervor, prostete der Stadt und dem Gott zu, stand da, wartete, ohne zu wissen worauf, vielleicht auch auf das endliche Zusammentreffen der beiden Liebenden, was sie ja noch nicht wissen, ahnen vielleicht, spüren überall, schlüpfte dann doch wieder in die dröhnende, irgendwie krachende Kirche; dort war in der Komposition gerade eine besonders graue Stimmung ausgebrochen, denn schließlich: Man entscheidet, generell ja, sich nicht so oft, selbst in einer Riesenoper nicht

oft, sich in ein paar Minuten gemeinsam mit einem Ex-Geliebten coram publico umzubringen. *Abzumurxen. Hamzudrahn.*
„O höchstes Leid!“
„Herr Tristan!“
„Herr Tristan trete nah!“

Er ist da! Sie schaut kaum hin. Die Orgel donnert, flächig und fehlerhaft, die Diskussion der beiden klanglich kompakt herunter.
Man *pflanzt* einander dann einmal.
Schlägt einander vor, sich gegenseitig umzubringen, auch niederzuschlagen, mit Schwertern sogar *hinich zu machen.*
Und das in dieser kahlen Kirche.
Ich wurde unaufmerksam. Wegen des Rainer Maria.
Wie der Fontäne Rohr treibt dein gebognes Gezweig abwärts den Saft und hinan.
Das Denken und Erinnern bekamen *Fetzen,* nicht einen Fetzen, aber beinah.
Besonders skurril musikalisch untermalte.
Aber nicht von der Tristan-Musik, nein, im Stil der Isolde-*Keppeleien.*
So was ist gefährlich, denn bekanntlich variiert man mit sich selbst.
Die leicht poetische Basis war auch sofort da in der öden Musik von oben aus den Pfeifen.
Der Tod, des muass a Wiener sein, grod a so ois wiea die Lieab a Französin is.
Variatio delectat, geografisch, menschenkundlich, global.
Da Hunga, der muass ausn Oberbauch kommen, wie a Bärli ausn Loch.
Da Durscht is des schenste, glei wie zwischnd Haxen von Weibern do drin.
Des Glück is a Vogal und des geht aufn Leim.
Da Heurign, der muass a Lustloch sein, grod wie de Kirchn fürnan God.
Des Bussl, des muass wie von an Indiana sein, der midn Pfitschipfeu di trifft.

Da Kotznjomma muass gemein sein, wie a Madl, das di net zuwe-losst.
Da Rausch, der muass a Himalayabesteiger sein, einfoch so auffi und eini.
Da Tristan und die Isoldi, de muassen sein wie – jo wie?
Es geht inzwischen, der Meister ist streng, aus den Klangballungen, die aber eher einer Polsterschlacht ähneln, in die Bereiche von Sittsamkeit und keuscher Sorge. Ich rieb mir im frischen Halbdunkel mehrmals die Augen. Denn nach der Stärkung zuerst aus Teig und vergorenen Trauben, nach den Zureichungen wie in einem Aufwachtraum, nach einem leicht geübten Blick wieder einmal in seichte Abgründe, da wusste ich nicht, ob das Ganze, also die Orgel und die Oper und ich mittendrin sitzend/schwebend/gefesselt, vielleicht bloß eine Chimäre war. Möglich, ich spazierte, morgendlich wie so oft und offenbar gern, in Wien herum, keine Ahnung jetzt, spazierte aber erst einmal auf der Suche sozusagen nach einer vernünftigen, inhaltlich verwendbaren Suche, repetierend, zuerst einmal sogar einem simplen Rhythmus auf der Spur, verschiedene Hilfsmittel dazu und voll und leider zugegeben akquirierend, also auch die Perlen des Rosenkranzes, der stechen soll, aufmerksam machen, aufwachen lassen. Allein wofür? Für die Erlebniswelt, das Erleben, die Erkenntnis post Adam und Eva? Lauter E in unserem Eistgleichmcquadrat. Im Wienwandern zuvor hab ich ja wieder nichts anderes zusammengebracht, als Register weiterhin anzulegen, noch quasi müde, noch kaum brauchbare. Und die Texte, die halfen und helfen sowieso nicht – oder kaum halt. Alles lief bisher an diesem Morgen wie ein Film, wie ein Trailer eher, ab. Aber rückwärts. Bis hinein in die Erkenntnis, nein, nix Erkenntnis wie schon gesagt, bloß hinein bis zum Gefühl, zum

Wunschgefühl wohl nur, es wäre ein guter Anfang gewesen, nein ausgebrochen. Tristan soff zwischenzeitlich aus dem dargebotenen Kelch. Isolde entriss ihm das Gefäß. Starre herrschte nun. Kurzfristige wenigstens. Ich nützte die nur mehr lege artis angedeutete Musik und den Schock im Publikum ob der vorausgegangenen Schreie. Kein Wunder diese Pöbelfurcht, man glaubte ja, sich eben umzubringen, auf der Bühne und in der Musik, also aus den Pfeifen der Klagwolkenorgel. Ich nützte das also alles und kleingeistig, aber nicht unangenehm für mich, aus und huschte in einen Beichtstuhl. Dort nahm ich das geschickt transportierte, halbvolle-halbleere *Glaserl* aus dem Wams und gönnte mir was. Ah. Das Ah im Beichtstuhl; wahrscheinlich schon oft dort geseufzt von aufgegeilten Pfarrern und lustvoll bekennenden Beichtkindern jeglichen Alters. Der Beichtstuhl, das *Onaneum.* Summend, ortstauglich, aber schlimm. Die Orgel ist inzwischen beinahe still, weil das so in der Partitur steht, man verspürt von der Bühne her bloß schon dieses Kitzeln auf den höheren Oberschenkelhäuten. Eine Parallelaktion. Eine mit dem Sterben, hierorts wie oben aus den Pfeifen, eine mit dem Gott, der Göttin, eine mit dem Abschnitts-Saufen. *Und wann's a mei Tod is – so trink ich an Wein, a Tröpferl – ein echtes – so goldig und rein. Das kann doch wahrhaftig ka Todsünde sein, sonst ließ er 'n ja net wachsen, der Herrgott – den Wein.* Ich *gönnte* mir noch ein Nippen und war streng zu mir. Nämlich besagend: nicht schon wieder die feuchten Sorgen verbalisieren, die sowieso bereits seit der Frühe, seit dem Gefühl des eigentlich ja guten Anfangs herumkratzen in mir. *Mir raubt nix mei' Ruah, das mocht mei' Hamur. I kenn' ka Traurigsein, trink' still mei Glaserl Wein. Und klopft dann und wann die Sorg' bei mir an, das ändert net mein'*

Sinn: I bleib', wia i bin! Oder, nach einem abermaligen Zwischennippen, drinnen im Beichtstuhl, während die Musik sich wieder, eigentlich voll passend, mittels der Lust- und Sehnsuchtsmotive aufzuschwingen beginnt. Angstvoll, denn: Aber nur jetzt nicht auch noch über die Sünde, über das Sündigen *zu memorieren* beginnen. Lieber das musikalisch ausbrechende Selbstbezichtigen bis hinein in einen ersten Liebesfuror verfolgen. Die beiden Heldentypen, die in den nächsten Akten sowieso nur mehr *Wappler* sein werden, haben gesoffen und sind jetzt *aufgeganselt.*

Aber haben sie gesündigt, sündigen sie soeben, werden sie bald derartig nämlich sündigen, dass schließlich beide hin sind?

Das *Onaneum* verlassend. Neben mir lag eine Art von Gebetbuch auf der Kirchenbank. „Eine Art von" deswegen, weil es nicht was streng breviermäßiges oder ein gedrucktes Gotteslob oder so was eben, sondern offenbar einen aktuellen Verhaltenstext darstellte; einen oder, wie sich bald herausstellen sollte, mehrere, viele, für diese böse Zeit nun, die mit Kriegen und Krankheiten und Flüchtenden und überhaupt Umwelt beziehungsweise Natur beziehungsweise *Verdreckungen* dort in dieser heiligen Natur ins Gericht oder, hier zu sagen besser, ins Gebet ging. Während also die Orgel Heil! brüllte und Isolde die Fassung verlor und Tristan von truggeweihten Sachen sang, las ich doch glatt da drinnen, und ich schämte mich dabei nur wenig, wie sich wohl auch die dadurch geheiligten Verfasserinnen und Verfasser nur wenig oder gleich gar nicht geschämt haben mochten beim Edieren:

Heilige Jungfrau – bitte für uns.

Okay, vor wem jetzt genauer, vor dem Sohn, dem *Herrn Buam,* vor dem *Heiligen Oberlehrer,* oder gar vor diesem seltsamen

Herrn Masta, der sie schwängern ließ, damals in Nazareth, im Frühjahr, als es zuging wie bei uns, viel später erst und dann ja häufig mittels überbrachter Samenspende.

Du, der Du den Erzengel Gabriel empfingst.

Na, na, dieses „empfingst" ist für die Verkündigung vielleicht ein witziges und zutreffendes, aber nicht ein wirklich treffendes Wort.

Heilige Jungfrau, gib uns den Frieden!

Bitte, aber umgehend! Allerdings, auch Drohungen helfen, und halfen bisher, im Himmel und im Schicksalslaboratorium mit all seinen Hexensabbats nur beklagenswert wenig.

Okay, abermals wieder für den Richie: gut gesagt, Meister, alles bisher gut geschrieben, gut gewünscht und komponiert mit *gewaltig vielen Noten.*

Die Orgel und der Organist – wobei ich mir nicht sicher war, ob trotz der schmalen Ankündigungen draußen und in Bezirkszeitungen nicht zusätzlich auch noch eine Organistin am Werke, am Amte, wie der Meister sagen würde, war –, die beiden jedenfalls, Instrument und Musikmacher/Musikmacherin, verausgabten sich.

Du mir gewonnen.

Du mir einzig bewußt.

Höchste Liebeslust.

Und man singt ...

und brüllt ...

und jubelt ...

bis zum Aktschluss ...

gezählte zwölf Mal ...

zwischen sonstigem Verzücktsein und Fassungslosigkeit ein ordentliches:

Heil!
Heil!
Heil!
Heil!
Heil!
Heil!
Heil!
Heil!
Heil!
Heil!
Heil! + Heil!
Das brutalste C-Dur der Kompositionsgeschichte klingt noch nach im leeren Raum, versteckt sich erst langsam zwischen den Säulen und hinter den Märtyrerbildern.
Die Kirche keucht.
Viele mit ihr.
Wir übrigen im Kirchenschiff, welch herrliches Wort doch, schlossen brav uns keuchend dem Keuchen an und keuchten einzeln hinaus.
Im Gemetzel der verklingenden Plärr-Töne in C und c.
Heilige Jungfrau, die du uns lehrtest, dass nur die Liebe zu Gott Bestand hat.
Heilige Jungfrau, die du uns ein Glück brachtest, das nicht mit Menschen, sondern nur mit dem Allerhöchsten möglich ist.
Heilige Jungfrau, du unser Heil!
Pudern mit Vertretern aus der Familie Gott?
Liebes- plus Todestrank dann wohl in einem.
Die Kirche brauchte lange, um sich sozusagen zu entkeuchen. Die Menschen schlichen hinaus. Man sah mindestens eine gute halbe Stunde als Pause vor. Ich umklammerte noch alle-

mal mein *Glasl mit dem Hansl* drinnen. Ja, der wichtigste und zugleich doch scheuste Gedanke innerhalb der letzten wohl eineinhalb Stunden ist gewesen: Realität oder einfach satter Unsinn, als Ablauf, als Zitate, als Musikmischmasch, als irgendwas halt? Der Tristan mit seiner Isolde, die zwei Absurden. Das Wienerlied macht das alles plausibel und geht, ohne zu schreien, also auch ohne Engel zum Lärmen und Hören zu veranlassen, medias in res:
Zu Tristan Isoldi will geh'n meine Poldi.
Das Bum-bum-tschin-Tschin hat doch keinen Sinn.
Aber er, der Schöpfer, nochmals von vorn, sicherheitshalber.
Fehlstart des Urknalls.
Zweite Auflage.
Tristan hilft.

Registriert, schon während des Tristan und der Isolde beim Komasaufen; bezugnehmend auf Wien, ein Bericht:
Jungfrau, Marienmonat, Suff, Wappler und Wein aus 'm Glasl, Keuchen in C, Verzücktsein, Märtyrer, Fremdturteln, Pudern erwünscht, Heil!

Im Dunklen, in gespiegelter Situation oder Wirklichkeit? Was war? Was war das? Heute? Ab der Frühe?
Es spiegelt sich, geht rückwärts, vielleicht sogar seitenverkehrt.
Die Belehrung: Die Liebe zu Gott ist besser als die zu anderen, übrigen Menschen; sicherer auf jeden Fall und ungefährlicher.
Die Musik verausgabt sich bis zur beinahe totalen Selbstaufgabe; aber auch sie zieht sich irgendwie zurück; wie in einen Trichter. Trinken gab's eben noch und dazu Rosenkranzbeten.
Auch rückwärts. Vor dem Genuss-Lokal stehend, gegenüber

der Kirche. Die Wein-Reichung. Aus dem Fenster. Diese Handreichung. Mir hätte doch, ausnahmsweise, dazu sofort diese Dehmel-Schönberg-Sache einfallen sollen; sowieso basierend allemal auf dem Tristan-Isoldi. *... er küßt sie, und seine Augen leuchten wie auf meergrünem Grund, ein Fenster tut sich auf. Aus der roten Villa neben der toten Eiche winkt ihm eine bleiche Frauenhand.* Die Straßenbahn im Retourgang. Äpfel fliegen quer durch die Luft. Die Ursünde wird gesühnt und ausradiert. Es stinkt allerdings noch immer in den Gebetshäusern. Wie aus den Kleidern alter Weiber. Wie es war und wie es ist sind Hölle und Genuss. Genusswurzel. Vergehen, Moral und Transzendenz. Ein guter Anfang mit neuen, bereits in Mengen registrierten Zuordnungen:
Eierspeistrapper, fett wie die russische Erde, Kinderverzahrer, Jenseitsscheibletten, Feinspitz und Feinspitzer und Feinspritzer, die leider arme Kirchenmaus.

Ich entschied mich gegen den zweiten Akt der Oper. Derjenige, wo die beiden beim *Fremdturteln* überrascht werden und wo der Tristan daraufhin sich ins Schwert des Kollegen Melot stürzt. Schlau gemacht, zugegeben. Beides, das *Fremdturteln* und das *Söbaeinedrahn.* Außerdem herrschte wahrscheinlich hier, am realen Ort, und dort, im Tohuwabohu, sowieso irgendwie nur Chimäre und zweitens hört dieser Akt gefühlt schon gar nicht auf. Wollte lieber warten auf den Abend, auf das Musiktheater, aber diesmal live und nicht aus den vollgeblasenen Orgelpfeifen, auf Das Massaker irgendwo, angeblich im Dreimäderlhaus. Ja, sic. Bis dahin gönnte ich mir vorerst, auf einer Parkbank sitzend, die Lektüre einer Gratiszeitung. Die dort geschilderten Menschen hatten auch nur dieselben Probleme wie der

Tristan mit seiner Isolde, wie die betenden Frauen in den harten Bänken, wahrscheinlich auch wie weißhäutige Mädchen, verschlossen in Etablissements und nur scheu winkend, und wie die Trinker und Klimawandel-Befürchter rundum, wie unser Adam und seine Eva, wie der verkündende und göttliches Sperma nach Mittelpalästina transportierende Erzengel, wie Gott persönlich. Zudem fiel mir ein, dass ich heute, am taghellen Tag im Marienmonat, noch kein Wort an jemanden gerichtet hatte, wenigstens keine zusammenhängende Satzkette mit Inhalt, mit einer Frage wenigstens, mit einer Behauptung oder sogar einer Bitte.

Wieder ein Versuch, Gewinn aus all dem zu ziehen, für mein Register, für meinen Wien-Leporello, der ja nicht nur eine Kollektion bleiben soll, sondern auch ein Dokument werden, ein böses, weitläufiges – Wien, ein Bericht:
Pappn hoidn, kusch bleiben, Fotzen kriegen, im Gegensatz zu hinterfotzig, was ja, und das bedenken die Leute kaum, wenn sie das derbe, aber schöne Wort verwenden, eine ganz andere Bedeutung hat als bei diesen unwissenden Verwendungen, nämlich etwas, das mit dem Arschloch zu tun hat, oder gar mit der Koitus-Stellung a tergo, dann, weiter, der Angst-Burli, der Himmelherrgott, der Tod als Wiener, der Tod als Selbstmordergebnis, die Auto-Abmurxerei, Adám und Eve während und nach der Vertreibung aus einer ziemlich seltsamen Gegend, mit der gleichzeitig offerierten Chance tatsächlich auf einen Neuanfang, auf das Ergreifen eines anständigen, schweißtreibenden Berufes, auf die selbständigen Ernährungs-Unternehmungen nach diesem also angeblich ungemein glücklichen, aber faden Paradies, das mitsamt seiner listigen Schlange … – aber wohin

eigentlich verschwand, als die beiden hinausgeworfen, außegschmissen worden waren?
Adám und Eve durften unbelastet neu beginnen.
Und dieses scheißkahle Paradies mit all seinen Lüsten hinter sich lassen.
„Wiener, seid froh!“ – „Oho, wieso?“

In der Gratiszeitung war übrigens eine linksseitliche, politisch aber wie stets konservativ rechtsseitige Glosse abgedruckt. Diesmal standen Weisheiten offenbar eines Sozialpädagogen oder so ähnlich da.
Ich stockte im Lesen. Ich war mir bald nicht mehr sicher, ob sich da nicht zwischen die vorgesehenen Zeitungszeilen so manche andere hineingeschlichen hatte, abermals als Chimäre, als Spiegelwelt nur in meinem Kopf, wie dort drüben bald wieder die Oper aus der Orgel schlüpfend, wie das Rosenkranzbeten irgendwohin und irgendwo hinauf. Es ging in dieser Glosse generell gesagt um das weiterhin Aktuelle für die auch im aktuellen Paradies unseres Wohlstands fadisierten Massen. Man machte sich zu diesem Zwecke und wahrscheinlich auch bloß zur Ablenkung Gedanken über den Altkaiser weiland der größten und vielfältigsten Monarchie der Welt mit dem kaum noch denkbar wildesten Nationen-Cocktail, wohnhaft einst zu Wien und zu Ischl, aber folglich auch über den lebenslangen, wobei sein Leben eh nicht lang war, Thronfolger und den sodann noch alle beerbenden Jungkaiser, dieser nicht mehr zum starren Greis mutiert, auch nicht erschossen irgendwo am Balkan, sondern überhaupt mit armer Lunge früh verstorben. Allein, der war sowieso ein *Weh* sondergleichen, ausgestattet bloß mit, obwohl ein eher *schmalpickter Typ,* doch ziemlicher

Lendenkraft, oder sagen wir vielleicht besser, er war halt mit strammen Lendenfolgen ausgestattet. Er zeugte bis zum frühen Ende mit der Zita, eine in der Jugend gar nicht unfesche Frau, wahrscheinlich aber cool und halbfrigid, was die meisten Frauen mit vielen Kindern und großer Fruchtbarkeit nun einmal sind – es gibt in Wien diese wunderschöne Vergleichsmetapher, die da lautet: *wenig Unterschied zum glatten, weißen, straffen Leintuch drunter*; er zeugte also, und wahrscheinlich als inneres und äußeres Kompensationsgeschäft, also, jetzt einmal voll erzählt, der Karli *erpemperte sich* einen Haufen *Putzerln,* den Otto gegen Schluss, der übrigens seinerseits in diesem Bereich, in dieser sexuellen *Hackn,* dem Papa Karli nacheiferte und so eine Art von „The Sound of Music" in die Kinderwiegen platzierte und dann auf die Beine stellte. Die Zeitungsglosse erging sich in Betrachtungen. Man wähne sich, so die Glosse, doch heute in einer ähnlichen Situation, in einer wie damals, als der Altkaiser immer verkrusteter wurde, nicht mehr so herrlich biegsam-engelsgleich war wie dereinst in der Hoch-Sisi- und -Kathi-Zeit und wie der Karlheinz im Kino und wie jüngst der oftmals gescheiterte und doch recht zurecht *hinausgewatschte und weggefotzte* Jung-Bundeskanzler am Ballhausplatz oder sonstwo. Eine *recht depperte* Epoche, damals wie heute. So die weise Glosse. Nichts passte schon damals mehr. Der starrblickende Thronfolger – er schaute drein wie dieser komische silberne Roboter im „Krieg der Sterne" – war in seiner Jagdgier zudem lächerlich als eine für die Habsburger Familienehre ja eigentlich unmöglich, aber halt öffentlich und kaiserlich gemaßregelte Person in ebensolcher Noch-Dauer-Position. Der letzte Kaiser – ach, man sehe sich nur die wenigen Filmdokumente von seiner Hochzeit an; sodann gar wäre von jenen während seiner Truppeninspektorate während des Weltkriegs eins vorsichtshalber nicht allzu sehr *nachwassernd* zu reden, wo halt ein *Zwetschkerl* auftritt oder gar ein *Halbangsoffener.* Allein, so weiter im Glossar, niemand dachte damals dran, dass man eigentlich – jeweils natürlich sich dabei auf Gott und die im Irgendwo ausgesuchte Gottgesandtheit berufend – nicht derart mit den Leuten im eigenen Bereich umgehen kann, umzugehen hat. Aber die – wie schon gesagt und gefürchtet oder besser befürchtet – Zwischenzeilen, wahrscheinlich dabei nur im eigenen Hirn sich wehrend oder auch sich räkelnd erzeugt, die berichteten hingegen von anderen Dingen, nein Befürchtungen, nein Drohungen an sich selbst. Man schreibt gern manchmal, ohne dabei tatsächlich zu schreiben – man beschreibt eher etwas wie ein Wolkenmaler –, schreibt es – wie es eben so schön und hier tatsächlich stimmig lautet – zwischen den Zeilen. Ich kannte das, nicht gut, aber immerhin. Ich vermutete auch und wieder, dass es sich um Botschaften handelte, die man sich selbst herrichtet. Woher? Aus dem Unbewussten, sicherlich. Rilke, der Rainer Maria, der Wunderbare, ohne jetzt in den Rosenkranz-Kult zu verfallen, der Wien und seinen selbstbespiegelnden Fin-de-Siècle-Kult gehasst hat, weil er sich aus der Stadt heraus selbsterkannt erfühlte, sich aber nicht dagegen zu wehren vermochte, er, der hier sogar einen Militärdienst absolvieren musste im *Einserkrieg,* allerdings im literaturbesetzten Rodauner Außenbezirk, er, der schon Europa und Nordafrika bereist hatte wie kaum damals ein zweiter Dichter, er hat zum Beispiel, apropos Wolkenmaler, einen kleinen Text hinterlassen, „Wladimir, der Wolkenmaler“, verfasst noch direkt an der Schwelle zum 20. Jahrhundert, also zum feinen Siècle-Fin. Einen, heute würden wir nachfragen, einen

Wolodymyr? Verfasst also zwischen den Reisen nach Russland und zu den Dichter-Heroen dort, sogar zum bigottesten Schreiber der Literaturhistorie zum Beispiel, zum Grafen Lew Nikolajewitsch T. Und man weiß nicht, ob die Wolkenmaler-Aussagen Rilkes nun wiederum prophetisch oder retrospektiv gemeint sind. Es geht um einen Wladimir, einen wahrscheinlich letztendlich gefährlichen Mann, nur merkt man das nicht gleich; manche merken es auch nie oder wollen das nicht bemerken. Ich konnte noch immer einige Zeilen aus dem Text fast wörtlich vor mir her sagen, denn von der ersten Lektüre an, und da bin ich noch spätpubertär gewesen, hat mich das Absurde dort drinnen in den und über den Zeilen, das in die Spiegel Gehende, zwar nicht wirklich, nun sagen wir, fasziniert, aber beeindruckt. Hat *sich mir reindruckt.* Ein Text, der sogar zwischen anderen Zeilen plötzlich aufschimmern könnte. Man geht dort „auf eine Dämmerung“, „malt mit Rauch“. Man hat etwas, das anderen nicht gehört, „ohne Pathos. Das Einzige, das noch nicht verraten worden ist, das mir allein gehört. Mein Einsames.“ Gleichviel. Das Überfliegen eines Zeitungstextes für schäbige Wien-Nostalgiker, einschließlich Kaiserglück wie in Sissi- und anderen bunten oder Kurzfilmen, kann oft gefährlich sein, assoziativ, holt was hervor aus dem Sumpf da unten und da drinnen im *Psycho-Bauch,* und seien das nur Erinnerungen und Zitate, auch Ängste und schöne Wortspielereien. Ich las noch ein wenig weiter herum in dem sowieso nur schmalen Text. Er handelte beinahe schnöde von der Furcht, ohne das Wort auch auszusprechen. Sicherheitshalber wohl. Und deswegen blieb ich offenbar einige Minuten länger dran, länger als beabsichtigt, notwendig oder überhaupt passend so einer kindischen Sache gegenüber. Nochmals sodann eine kurze Flucht zum

Wolkenmaler. Irgendwie begann er jenen, meinen, Tag bisher, diesen im Muttergottesmonat und einer mit eher scheußlichen Tristan-und-Isolde-Wolken, fein einzuhüllen. Aber irgendwie geht es selbst hier darum, dass die Schöpfung, mindestens wohl diejenige bis zurück zum Urknall Nr. 1 (?) und dann die nachfolgenden sieben Tage hindurch, nicht so ausging wie vorgesehen; vielleicht deshalb, weil es den voraussetzenden Gott weder gibt noch je gegeben hat. *„Es sind lauter heimliche Himmelfahrten. Die Menschen schauen immer von Gott fort. Sie suchen ihn im Licht, das immer kälter und schärfer wird. Oben. Und Gott wartet anderswo – wartet – ganz am Grund von Allem. Tief, wo die Wurzeln sind. Wo es warm ist und dunkel. Sie denken an Gott, der irgendwo hinter den Dingen wohnt – wunderwo.. Und wir sehen den kleinen, blassen Menschen, der große merkwürdige Augen hat. Augen, mit ewiger Trauer hinter allem Glanz – so frauenhaft froh.“*
Sind Frauen froh?
Und wenn dann wann?
Ah, wann.
Übrigens, zwischenzeitlich, jaja, schlimm wird's jetzt noch allemal, die Tristan- und die Weiße-Hand-Schank im Rücken neben der *Maschek-Seiten.*
Ich hatte jüngst erst in einem neu erschienenen Buch gelesen. Das Buch ist eine Gedichtsammlung. Das Buch ist verboten (worden). Das Buch wird geradezu als eine Anti-Gender-Scheiße verflucht. Von vielen Gruppen des Feminismus und sogar von anderen (auch). Das Buch, schön gemacht wie (sonst nur) ein ganz spezielles und liebevoll gestaltetes Insel-Taschenbuch, heißt FRAUEN HAUEN. Ich erinnere mich noch, ziemlich genau, an einen Text. Mittendrinnen. *Es war wie ein Schwimmen, / mit geschlossnen Augen, / weil sowieso ein Dunkel, / rund-*

um, / langsam immer weiter ausholend / in dieser schwarzen Flüssigkeit. / Zuerst gab's ein gemeinsames Atmen, / tiefer und unterschiedlich tief, / dann die Bewegungen, / rudernd, / weich rudernd. / Man verlor sich und / schien aneinander / nach unten gezogen / im ungleich / erdenden Takt. / Schwebte vor- und hintereinander / im All über Planeten, die wenig, aber / gutes Licht gaben. / Die rhythmischen Atemzüge kamen bald / (gern) wieder. / Gleichzeitig hoben sich die Köpfe, / in einen zurückweichenden Horizont. / Einander das dunkle Dreieck beweisend, / nach unten und nach oben gerichtet, / einschmeichelnd. / Stöhnend, aber nur, weil so / besser die Schläge / überwindend, verdauend. In langen Zügen geschwommen. / Auf eine Meerwölbung hin. / Und gegenseitig agierend voneinander abtreibend. / --- Später steckte man sich noch Naschwerk zu.

Freilich war man, wieder also „man" dann – das Gratisblatt hatte ich hinter mich ins sowieso bereits voll verdreckte Buschwerk geschmissen –, war man dann, im wunderwoen Frauenfrohsein, also geradezu prädestiniert, ein Lösungsmittel zu versprayen. Und sei es auch nur im Gesang, im eigenen. Aufrecht sitzend, frauenhaft froh, vor mich hin singend. Nicht ungefährlich war das. Davon wissen die täppischen Musiksoziologinnen und Musiksoziologen schon lange ein Lied, haha, zu singen, aber nicht froh damit zu werden und zu bleiben, darüber, wie alles sich weiterentwickelt, was als Nichtungefährliches und daher eben Wahrhaftiges schon da ist. Wohingegen die Musiksoziologinnen und Musiksoziologen, es gibt bereits sehr viel mehr Frauen in diesem Job als Männer, wohingegen also – das ist nun schwer ohne Hemmungen herauszusagen – Soziologen aber zumeist im Musikalischen sowieso nur eingebildete sind, vor allem, viel mehr sind schon da und sie treiben ihr Wesen

mehr noch als noch vor einem knappen Vierteljahrhundert, also nochmals angehoben, wohingegen die Musiksoziologinnen und Musiksoziologen sich ihrerseits dann doch wieder fürchten vor ihren Jobeigentümlichkeiten.
Denn Musik ist Implosion von Zeit, jetzt einmal so keck zusammenfassend behauptet.
Zeit ist Gott, Zeit ist also ...?

Da Weana hot seinen Hamur,
des merkt ma glei, doch leider nur
bemerken das die Leut nicht gern,
weil sie sich fürchten vor dem Herrn.

Es bleibt nix übrig als amol
des ganze Weinderl plattelvoll
aus Henkelglasln einezwingen
und den Hamur dann niederringen.

Jo, Leutln, das is unsre Art.
Wir san hoit wach, san nimmer stad.
Und wann i urndlich saufen tu,
laßt mi der Herrgott a in Ruh.

Zum Registrieren:
Fett wie die russische Erde einschließlich ihrer Literatur-Großheroen und des aktuellen Puten-Erpels, voll zua, ogsoffn, plattlvoll, antranklt, in the ghetto of alk, angeheitert, und dann ein Bankl reißen, den Meister machen lassen, was er wü, wenn er uns nur machen lost, was ma woin.
Weiter. Zurück. Noch immer rückwärts.

Ich hatte das Henkelglasl brav auf dem Fenstersims des Lokals – virtuell vor der weißen Hand – postiert. Ausgetrunken.

In der musikalisch-poetisch-brutal-wundersamen Erinnerung:

Do brauch i mei Viadl,
do trink i mei Viadl,
des ko nua a Wiena verstehn!

Übrigens: Das alles spielte sich ja dicht und rund um die dort situierte Johannes-Krawarik-Gasse ab, benannt nach einem christlichen Kleinmärtyrer im NS- und HJ-Kreis, nahe dem komischen Innitzer-Kardinal, kurz vor dem WK2 und kurz nach dem Anschluss, ein christlicher Fensterstürzer und ein eben tradierter und mit Straßennamen geschmückter Kleinmärtyrer, der er, wie alle christlichen Kleinmärtyrer, nur in höchst bescheidenen Verhältnissen gewesen ist.
Kaffeetrinken wäre nun gut.
Schwarz, denn Milch in jeder Form ist magenquälend.
En Stück Torte dazu?
Ganz wienerisch also.
Ohne Schlagobers selbstverständlich – vergleiche die Milch-Schauder von vor drei Zeilen.
Dazu ein Schluck Wasser.
Oder ein Tonic dazu?
Teuer das Zeug bereits in diesen Zeiten des allgemeinen Bergabs, im globalen Wettersturz und Krankwerden und geläufigem Töten und Atomkraftwiederbeleben, aber in seiner Bitternis förderlich.

Ich fuhr zurück in die Innenstadt.
Den Tristan, es begann wohl jetzt bald der zweite Akt im Kirchenraum mit seinen armen Mäusen unten, die keuscheste Geilheit je komponiert, den Tristan also vergessend. Weil der wahrscheinlich sich sowieso gerade kess von den abermaligen Komasauf-Liedern zudecken lässt. Super jedenfalls, der T. mit und in den frühmittelalterlichen Komasauf-Liedern!
Dieses ewige Jammern der Isolde vor der Brangäne, der Hörnerschall im Hintergrund, die Gier nach Sex, das Zerstören der Fackel als Zeichen der Zerstörung einer Keuschheit.
O wonnevolle Tücke.
O truggeweihtes Glücke.

Würde ich mir noch, am Nachmittag, den dritten Akt geben?
Unter der Orgel?
Sowieso bloß wieder als eine Einbildung?
Wir glitten an den ewigen Baustellen rund um die Universität vorbei.
Wien hat das beste öffentliche Netz der Welt, aber die Stadt nervt mit dem allzu langsamen Weiterausbau.
Die Votivkirche reckte sich doppelt in die Höhe. Wie stets mit Werbung eingehüllt. Voll bewusst in doppelt hoher Lust.
Der R. M. R. hatte schon, wenn ich mich bloß umsehe und die Augen in den Himmel fliegen lasse, er hatte schon recht mit dieser Welt, in der ich „mein Einsames" habe und doch, zugegeben, voll in der Liebe auf „wunderwo" und auf die Fortsetzung eines guten Anfangs hoffe.

Kapitel 2
Das Verbrechen

„Wunderwo“ – er ahnte, nein, er wusste, dass es gefährlich war, sich jetzt umzusehen, etwa da nach hinten was blickmäßig zu fixieren, gar jemandem ins richtige, egal rechts oder links, oder ins metaphorische, egal ob stechende oder vernichtende oder schlicht trübe, Auge zu schauen.
Schauen als heikle Morgenarbeit des Menschen.
Der erblickte Mann stand noch hinter der Glasverkleidung, U-Bahn. Er klebte dort beinahe. Die Hände hielt er gegen das Glas, die Beine waren leicht gespreizt, der Kopf war gesenkt, die Stirn berührte das Glas ebenfalls und nass wohl, sein ganzer Körper schien zu beten, der Blick war zu Boden gerichtet, selbst wenn er ihn fixierte, trotzdem, man sah die eingefallenen Augen, das helle Weiß, von Äderchen durchzogen, die spröden Lippen, den frischen Bartwuchs, das Gesicht des Mannes wirkte so insgesamt größer, als es wohl tatsächlich war. Der Mann im lächerlichen Habitus eines alt gewordenen und verarmten Hexenmeisters war eben aus einer Kirche gekommen, hatte eine Dose Red Bull zuerst aufgerissen, dann auf den Straßenboden verschüttet, dann das Blech zerquetscht, dann das Blech angewidert weggeworfen, noch einmal weggetreten. Jetzt riss der Mann sich aber weg, diesmal vom Glas, und hinterließ dort einen Abdruck seiner feuchten Stirn. Dann rannte der Mann davon. Hinein zwischen die alten Gebäude, welche jetzt Ministerien für vor allem Pädagogisches bergen. Ein paar Apfelschalen lagen auch noch auf dem Boden im Startbereich des Mannes. Faul dahinblinkend.
Er wiederum dachte bei sich, ob das auf dem Boden so etwas wie ein fernes Hintergrundleuchten wäre, eines, das gar aus dem Paradies an dessen gar siebentem Tag oder zumindest gar wenigstens an einem der Folgetage nach der sechsteiligen

Schöpfung sein mochte. Das Ergebnis nach dem Urknall plus Adam-und-Eva-Erkenntnissünde, die Super-super-Sache im Kreis auch unserer Erfahrung und dann Erkenntnis, verursacht von Gott offenbar irrtümlich, unabsichtlich, die Folgen nicht bedenkend. Aber immerhin hatte man, so er in weiteren Gedanken, bei diesen Urknall-Überlegungen wenigstens ein paar Gewissheiten, die zwar jeglicher Dogmatik mies aufstoßen würden, die aber zumindest ein Anhaltspunkt waren: solche über das Irren, über die Folgen, vor allem aber über die Unabsichtlichkeit eines Gottes, einer Göttin. Deren nicht zu Ende gedachte Absichtlichkeit im Handeln, ja, doch, sie war und ist also das Fundament jenseits des Anfangs.

Gott beweist sich durch seine gelegentlich etwas lächerlichen Irrtümer.

Armer Gott.

Ein guter Anfang.

Er hatte das Gefühl, ein angenehmes Gefühl, das sei vermerkt, nun soeben und zum Glück also, Gott sei Dank also?, sein heutiges Gottes-Kapitel, zumindest temporär einmal locker und nicht nachhaltig, also nicht mit sofortigen Strafen behaftet, bereits jetzt abschließen zu können. Was aber weiterhin tun, wie *loslegen in dieser Bredüllie?* Ein doch nachhaltig agierender Meister, dieser/diese Gott oder er selbst, Gott-Nachfolger wie jeder, wie jede Mensch, bereits? Wie z. B. jener weggelaufene Mann, der sicher noch ein wenig den Glasplattenabdruck *am Hirn* mit sich herumtrug. Nicht allerdings als Zeugnis für einen „Meister" per se, so ähnlich wie ein Stilisierter vom Wagner Richie, plus eine, seine, Margarita, sein Gretchen, seine Paradies-Eva natürlich, diejenige mit dem heruntergerissenen Apfel, alles diesmal nicht in Moskau oder in der Nähe bei den Welt-Verbrechern spielend, sondern in Wien, bei den Minimundus-Verbrechern – einst und bis vor kurzem nicht immer nur Minimundus zugegeben –, aber im Augenblick als Stadt vielleicht ruhend, grunzend, abwartend, sich nostalgisch gebärdend. Dieses Wien erschien ihm jetzt schon wieder als Kleinausgabe der lustigen Sachen nach dem Urknall, als eine sehr kleine Kleinausgabe, nein, nix erschien ihm, es war das einfach dargestellt in der Musik von Wien und in der Ausdrucksweise von hier. Auch er ging nun zu *da Billa,* ein *Leberkassemmerl* gestatte er sich, recht dick abgeschnitten. Sonst nichts. *Ka Brettljausn vielleicht goa.* Er passierte eine Plakatwand, *Fetzenwerbung.* Außerdem: Es wurden für diesen JungfrauMarienMonatMai und rund um die Pfingstzeit wieder mehr U-Produktionen, also Kleinkabaretts, schräge, auch mehrgeschlechtliche, so genannte queere Varietés, *von den und für die Kampf-Lesberln und*

Kampf-Women, oder auch bloß schlichte Musik-Tanz-Sex-Sachen beworben, welche – in unserer und gegen unsere Zeit eines immer cooler und scheinbar perfekteren Werdens – kleine Verblüffungen oder gar Überraschungen, angeblich undurchschaubare, anboten. *An Zauber in da Bude, Hypnose-Ferdln, Verschwindende und Wiederauftauchende, wie aus dem grauslich-geilen Sumpf; außerdem die deppert machenden Wirkungen eines Liebestrankes!* Viele, vor allem junge, Menschen kamen an ihm vorbei oder überholten den Schlendernden. Komische und zugleich massenweise Leute waren das, die ihre Ohren mit Lärmschalen voll bedeckt hielten, also volle, sonst nur in Profi-Studios verwendete Kopfhörer trugen; gespeicherte Musik aber, aus sich heraus, abgeschlossen vor der und abschließend die Umwelt sehr wohl mit herumbrüllender Musik, in die Körper gehämmert, solche aus höchstens drei Kadenzwendungen bestehend, aus zwei Rhythmen und zumeist im Gesang auf einem Ton dahinplätschernd. Diese Selbstbeschädigungen ganzer Bevölkerungsteile passieren, so sein ironisches Reagieren, sie sind schlimm wohl, denn in spätestens acht Jahren haben die *olle mitanonder* schwere Störungen im Akustischen, wenn nicht sogar im Gleichgewicht, aber niemand bietet Einhalt, keine Krankenkasse verweigert diesen Typen, sobald sie in die Lärmglocken vergleichbar Presslufthämmern steigen, Behandlungen oder Medikamente oder dann Hilfsgeräte zum In-die-Ohren-Stecken. Viele, alte wie junge, Frauen, *Schleierweiber, Tschadorinen,* kamen vorbei an ihm oder überholten den Schlendernden. Die Verhüllungen nahmen aktuell wieder zu. Alles war schließlich begünstigt worden, vorerst durch anbefohlenes Maskentragen, sich schützend vor Bakterien allgemein und besonders. Man konnte jetzt aber, religionsgefordert oder

-begünstigt, wieder genüsslich in die alten Formen des Abschirmens und des virtuellen Frauen-Vergewaltigens gleiten, sich mit denen geradezu hineingleiten lassen, sie kuschelig gar zum Gleiten verpflichten, verdammen, verfluchen. Diese Selbstbeschädigungen ganzer Bevölkerungsteile, so sein ironisches Reagieren, schlimm wohl waren und sind sie, denn jede Gesichtsmaske und Haarmaske, verbunden mit weiten Kleidern, die Arme und Füße schweißtreibend bedeckend als Körpermasken, sie sind ein Ausdruck, ach *leck doch die Tanten im Oasch,* wir wissen sowieso wofür, für das *Frauenniedertreten als Machtbeweis der selbst von angeblichen Kulturen und Familien unterdrückten Männer* und zudem, wiederum und wieder dasselbe, ein *permanentes Oaschleckenheißen* seitens vor allem asiatischer oder nordafrikanischer menschlicher Riesenmassen, angedroht dem so genannten Westen, jener Gegend also, von der sie, die Riesenmassen, mehr oder weniger sowieso alles beziehen. Hübsch blieb – gegensätzlich und das voll – in diesen warmen Monaten für kleine Paradiese und die größeren Marienverehrungen die stete und eben jedes Jahr sich neu oft eruptiv öffnende Tatsache, dass junge Frauen, egal ob geschmeidig oder fett, vor allem aber doch geschmeidig, sowie in wachsender Zahl auch mittelalterliche Frauen umgehend einem akzelerierenden Exhibitionismus zu huldigen begannen. War das nun eine ihrerseits vorgetragene Protesthaltung oder mehr oder anderes oder schlicht Geilheit oder gar Eigenbefriedigung mittels des eigenen Körpers, also das herrliche Absurde von Befriedigung mittels zumeist missverstandener Körper-Ästhetik? Oder anders und etwas platter, so sein weiterhin ironisches Reagieren, sind das nicht einfach eben die *oamen Schweine, de oamen Säue in diesem Fall*? Er musste heute, an diesem feinen

Spätfrühlingstag in Wien und im Marienmonat Mai, während des mittleren Morgens noch und überhaupt schon gesättigt, so sehr nämlich, dass er einige Male, weshalb ihn bald vor sich selbst ekelte, rülpste, er musste also die beiden Ankommenden, ihn und sie, am Bahnhof, am stolzen Wiener Hauptbahnhof, zwischen dem 4. und dem 10. Bezirk der Stadt situiert, abholen. Während der Mann in Richtung Kirche/10er Marie strebte. Man sollte sich dabei, jetzt wieder vor allem er, aber ja nicht von der Morgenschicht der *Hübschlerinnen und Wetz-Mädis* ablenken lassen, von denen, die da gern und aus dem Nirvana geradezu mit Frühstücksangeboten und gar schon -vorschlägen auftauchen, etwa mit: *Wos is a hoates, heißes Würschtl mit zwei Eiern?.* Und es war dann so, dass sie, die zwei, aus dem Zug mit einem Kurswagen aus Krakau, der Stadt der Zauberer zudem, stiegen, in Begleitung eines weiteren Mannes. Die Bahn hatte sich soeben und auf den neuen Gleisen geradezu schwebend hereingleiten lassen, unter den Dächern und unter die neuen schiefen Dächer der angeblich super gestylten Zentralstation Wiens, die sich, vor allem, dadurch auszeichnet, dass sie mehrere Geschoße hat, die stets mit einem Minuszeichen beginnen. *A Nullerl plus.* Es bewegte sich an diesem Morgen alles wie in einer der vergleichsweise wenigen, aber doch schon wirklich guten und zugleich poetischen Opernszenen oder, besser gesagt, vielleicht Musiktheater-Bühnensituationen. Aus der milden, so schön uns dünkenden Aue – plötzlich aus dem Kerker steigend vor den Toren von Sevilla – mit der noch eher frigiden Gräfin Mariza über das flachste Land Europas fahren, auf der Suche nach *Habschi* und sinnvoller Beschäftigung. *O welche Lust, alles im Zauber der noch halbwegs unbefleckten Natur und der sich-erfahrend-erkennenden Christus-Hauptzeit,*

Himmelherrgottsakramariaundjosefjessas. Der zweite, frisch angekommene Mann nun, der neben ihr und ihm, der hieß Emanuel, auch Emmanuel, er trug einen Bart, hatte eindeutig frisch gestutzte Haare, war bekleidet, obwohl dafür ja schon zu warm in der Marienmonatsluft, mit einem sehr langen, hellen, dicken Mantel; er offerierte einen weichen Händedruck und einen zugleich feuchten Händedruck. Das Paar selbst war ihm, dem Erwartenden, schon länger bekannt. Schon lange sogar. Aus der Zeit, als man noch wegen Krankheiten angehalten und abgekapselt worden war. Die Frau, die zwar ein Rita-Margarita, sic, im Geburtsdokument stehen hatte, die aber – warum, man weiß es nicht – später von ihrer, seinerzeit noch wienerischen, Umwelt *ein Greterl* genannt wurde, sie war müde vor allem. Der Angekommene gab sich aber durchaus freundlich, amikal, vertraut, beinahe noch mehr. „Wir haben bald Pfingsten, das liebliche Fest. Die Erkenntniszeit. Die Sache damals mit der Sprache. Bis heute. Jedenfalls. Ein guter Anfang, in der Zeit des Wanderlebens überhaupt. Ja, ein guter Anfang. Lass Dich umarmen, Freund." Die Frau, *das Greterl,* die Rita-Margarita, gähnte, man war schließlich im Sitzabteil über zehn Stunden hindurch gefahren, über Tschechien mit elendiglich langen Zwischenaufenthalten und Personenkontrollen und dann über das Weinviertel. Aber sie war aufmerksam. „Lass uns kurz was einnehmen; dann oder währenddessen reden wir über den Plan." Der Emanuel/Emmanuel nickte dazu und schwieg weiter. Der andere Mann, also der mit der Rita-Margarita, fasste seinen Abholer unter dem Arm. Zog ihn weg, vorweg den anderen beiden. Wies hin auf ein Werbeschild einer Kaffeehauskette, drinnen situiert in einem dieser Null-Geschoße. „Ein guter Anfang."

Es ist nun kurz, in Satzketten wie auf Leitern-Stufen abwärts, zu erzählen.
Natürlich ging es vor allem um die Uraufführung, daher eben um die Premiere, von MASSAKER IM DREIMÄDERLHAUS.
Es gibt Milchschaumkaffee und irgendwelche Croissants aus Plastikhüllen, sehr bröselnd auf jeden Fall, man hat - vom fremden Duft eingehüllt - mutig neben einem Lokal namens *Leberkas-Pepi, der typisch österreichische* Platz genommen.
„Wir reden von einem möglichen theatralischen Schauprozess. Das ist uns doch klar?"
„Wir machen einander auch gar nichts vor. Es ist so der erste künstlerische. Seit langem, sozusagen"
So zuerst er, der Angekommene.
Dann er, der Abholende.
„Es wird sowieso nur ein kleines Medienereignis sein, leider, kein Rütteln an Befestigungen, zum Beispiel an solchen für die Verfassung?"
So sie.
„Ja."
So die anderen.
Nebenbei gesagt, aber in allgemeiner Zustimmung: „Das Stück ist ja nicht gerade divers und gendergerecht. Es ist also sowieso schon ein Wunder, dass es überhaupt auf die Bühne kommen darf."
Und - wieder zurück, retour - es geschah auch, während der Mann schon in die Tristan-Kirche strebte, während die kleine Frühstücksgesellschaft im Bahnhof versuchte, sich über Details klarzuwerden, während andere Rosenkränze beteten, andere wiederum schon dem Morgensuff huldigten, sich andere auf den Abend vorbereiteten.

Vor dem austauschbar schäbigen Bahnhofscafé kam es nämlich währenddessen zu einer kleinen Auseinandersetzung. Es ist nicht klar, ob diese bedingt durch morgendliche Aggressionen stattfand oder nur eine Schau, eine Show, gewesen ist, etwas Theatralisches, vielleicht übungsweise. Drei Typen begannen sich leicht zu ohrfeigen und einander einiges zuzurufen. Sie waren gar nicht schäbig gekleidet. Im Gegenteil. Drei Männer, alle mittleren Alters. Es wurde dann zur tänzerisch aufgelösten Szene. Das alles, nachdem sich herausgestellt hatte, dass die drei Herren quasi den im Bahnhof frühstückenden vier Leuten eine kleine, zum Begrüßen gedachte Vorwegnahme des heutigen Premierenabends darstellten. Ein Komitee, das Appetit machte.
Du gherast unta Kuratö, Oida.
So etwa der Duktus im duettierenden und terzettierenden Beginn des Mini-Straßendramas. Wie rund 50 Jahre vor der Erlösergeburt, aber noch in Rom, *Mini-Cicero-Pleampln.*
Aber dann. Aber bald. Es passiert. In *Schmankerln.*
Man begibt sich nämlich jetzt auf eine Tick-Trick-und-Track-Position, leicht verbindlich, leicht schon beinahe im *Dullijöh,* es sind nach den ersten sowieso bloß angedeuteten Raufereien wenige Minuten vergangen – der Mann vernimmt zwischenzeitlich bereits den Aufstieg in Form einer coolen Sext als Tristan-Vorspiel – und dann deutet man an.
Das Hederl und das Heiderl und das Hannerl.
Auf männlich nun *rübergedreht.*
Eine Minute vielleicht, aber wie! Jener Musikanten-Beginn aus dem Bühnenstück, er war jederzeit unten im lächerlichen Wiener Hauptbahnhof als Triplum zu wiederholen.

Fesch und schneidig,
allweil gmütlich,
tut ein echta Weana sich gern gütlich.
Unser Herrgott d' Weana Leut hot
extra gschaffn für de Weanastodt.

Und mißlingt wos,
missing link dos,
freß ma weida, saufen gern.
Denn am Schluß goa
is Massaker dann mit Haut und Hoa.

Zins und Zinseszins
san uns dann egal,
wenns nur dulli geht und laut.
Mia san voll und fett
und mir drahn euch ham und nida in die Bett.

Es ereignete sich all das, übrigens, als man in der Kirche, nordwestlich von hier, eben davon spielen ließ, ohne Vokales halt, dass der so genannte *Held Zinszahlen gekommen und dass jener, der sich wehrte dagegen, geköpft worden ist, ja, dass man sein Haupt irgendwo aufgespießt habe, ungemein grausam.*
Im Bahnhof war man belustigt.
Man haute sich o.
Schubste sich.
Lachte.
Einer der Sing-Männer holte einen Flachmann aus dem Sakko.
Birnenschnaps.

Alle drei Sing-Männer lutschten noch an der Stöpsel-Halterung herum.
Transgender ohne Sichtbares oder Spür- und Riechbares?
Vielleicht waren das nun überhaupt die Frühvertreter von den angeblich sechs oder sieben Geschlechtern, die man sich halt aussucht, wenn einem im Erwachsenwerden fad ist.
Die anderen vier innerhalb der engeren Szene, eine Frau und drei Männer, von denen, unterschiedlich viel redend, allerdings sowieso wenig zur Szene beigetragen worden war, lehnten dankend auch Reste, *Birnenhansln,* aus dem Flachmann ab.
Der Spätfrühlingstag war inzwischen voll ausgebrochen.
In der Pfarrkirche zu Ottakring, neben der 10er Marie, dort wo sich bald eine weiße Hand aus dem Holzrahmen und den Fensterläden, dunkelgrün, recken, nein, stehlen würde, war man hingegen auf opernhafte Weise, weiterhin ohne Vokalisen, im *Wirkungstrinken* gelandet. *Der Mutter Künste / Sühne / alles klug erwägt / Gegengift / Balsam,* sowie: *Für höchstes Leid gab sie den Todestrank.*
Sowie:
Herr Tristan! Herr Tristan trete nah!
Begehrt Herrin, was Ihr wünscht.
Wüßtest du nicht, was ich begehre?

Tick, Trick und Track haben noch einmal ihre so gemütliche Dreierposition und -pose eingenommen, wie für eine lustige Zwischenszene in einem Wienfilm der 30er, 40er und 50er Jahre des 20. Jahrhunderts mit Typen halt wie Moser, Hörbiger oder Imhoff. Man finalisiert dann noch die gesamte feine Szene unterhalb des miesen Hauptbahnhof-Cafés. Appetitmachend für die Uraufführung.

So ein Weinderl und a Musi
und ein gstelltes Madl zua an Gschpusi
wohl noch keiner
schöner gsehen hat
als bei uns in unsrer schönen Weanastadt.

Und wonn wir donn in dem Dulli
ihr a Fotzen auf den Lulli
androhn, dann is ollas kloar.
Wö den Männa san ned deppert,
glei a Watschn gibt's, die scheppert.

Oba meistens is ned nötig,
lieba san die Madln gern erbötig,
sich im Schmusen anzudienen.
Is a besser, ois dass uns reizen,
und wir drohn müssn mit da Massaker-Peitschn.

Es entzieht sich nun der Fabel und damit auch der zu beglaubigenden Fama, wie die Gesellschaft – eins, der Er, der gern noch mehr mephistophelisch wirken würde auf die anderen, plus drei, zwei Männer, ziemlich unterschiedlich, und eine Frau, nicht unattraktiv, aber leicht angeknittert, plus drei, unsere Figuren wie aus dem Comic gestiegen – weiter in die Stadt eingetaucht ist.
Umschnitt.
Wien war im diffusen Licht des frühen Mittags getaucht, hatte sich selbst dorthinein getaucht. Es tauchten Bilder auf wie von Edward Hopper. Hier saß einer auf den Stufen eines Zinshauses im zweiten Wiener Gemeindebezirk, die Beine leicht offen,

dazwischen hinunterstarrend. Dort starrte eine Frau in eine Auslagenscheibe, sie trug trotz der schon grassierenden vorpfingstlichen Wärme ein Kopftuch; es war nicht klar, ob sie die Gegenstände hinter der *Auslagn* überhaupt im Einzelnen erkannte, ausnahm, einordnete; sie hatte eine Plastik-Einkaufstasche zwischen den linken Fingern, baumelnd; rund um sie herum war viel Grün, aber das nur aus alten Häuserfarben, nicht stammend von einer gezähmten Natur, wie das die die Stadt noch bis vor kurzem mitregierenden Grünen in ihrer unglaublichen Spießerhaftigkeit so gern haben oder wenigstens sehen oder wenigstens als recht dumme Bestätigung ihres Denkens auch noch stolz vor sich her tragen. *Fetznschädln, die Greanen und de im Büd.* Hier, gleich nebenan, lud eine Tagesbar ein; wobei es in Wien ja keine Tagesbars im Sinne von Hopper-Bildern gibt; aber es schien nicht ungemütlich, das alles nämlich rund um die Bar und drinnen überhaupt; auch wenn drinnen niemand war; oder doch; hinten am langen Tresen saß ein Mann, vorne, die Eingangstür – sicherheitshalber? – im Rücken, stand eine Frau; sie trank was aus einem großen und festen Glas, perlend, vielleicht nur ein Himbeer-Zitron?; er, im Bild, war schon vor einer guten Viertelstunde hereingekommen, hatte seine Mütze in den nassen Nacken geschoben, an seinen Hosenträgern gezupft und die Bestellung aufgegeben, *A Ochtl*; der Schankmann, der Wirt wohl noch zu dieser Tageszeit, gestattete sich die Rückfrage: *Weiß oda Rot,* die Antwort lautete knapp, lakonisch, hart: *Slibo;* und nachdem unser Kunde dann doch rasch die Hälfte dieses Achtels ausgeschlürft hatte, wandte er sich abermals an den Mann hinter dem Tresen, grinste, zeigte dabei voll neue und künstliche Zähne wie in einem Hollywood-Film vor rund 22 Jahren, und meinte: *Des woa jo da Schmäh, gö, i hätt jo auch gleich auch schlicht sogn kenna: A Ochtl und noch eanerem Weiß oder Rot Herumfrogn antworten: Seid wonn gibst an rodn Slibo?* Bilder weiter vom Hopperer. An einem Wasser gelandet. Eigentlich wie über das halbtote Meer, es sind aber bloß Aussichten schon in die Pampa der Puszta. Oder am Fenster. Oder zwischen den weißen, beinahe immer gleichen und geduckten Gebäuden einer nicht ganz armen Neubausiedlung im Süden der Stadt. Manchmal steht jemand leicht *Angelotterter* in den Vorgärten, bewegt sich kaum, nicht einmal den weißen Arm, in dunkler Kleidung vor den hellen Verputzwänden. Ein riesiger Steinbaukasten.

Umschnitt abermals.
Wir betrachten nun noch einmal, bevor sie, die Gesellschaft, also voll in diese Hopper-Stadt eingedrungen ist, die Einzeltypen. Das heißt, manche kennen wir ja schon. Beginnen wir mit dem Mitreisenden aus Krakau, diesem Emanuel/Emmanuel mit seinen frisch gestutzten Haaren, Bartträger, im hellen, dicken Mantel und gesegnet oder auch verdammt mit dem Geschick eines feuchten Händedrucks. Er wird uns an so manche Darsteller von Kirchenmärtyrern oder Lehrern in russischen Stücken aus dem beginnenden 20. Jahrhundert erinnern. Es gibt auch aus den folgenden Stunden kaum überlieferte Dokumente von ihm, also kaum Aussagen, nicht einmal einen Parlando-Beitrag, eine Behauptung. Er soll einmal davon gesprochen haben, *dass man nicht allzu sehr der Propaganda von Hedonisten* anhängen müsse; überliefert ist auch, dass er einmal davon, eher murmelnd, zu reden und bald zu schweigen anfing, *dass keinerlei Sicherheit herrsche, egal in welcher Verkehrslage auch, privat wie öffentlich,* sowie *dass man weiter hinsichtlich der schwarzen Magie, welche zumeist versteckt zwischen den Menschen, auch hier in Europas Mitte, auch hier in Wien, herrsche, Vorsicht habe walten zu lassen, denn es gäbe einfach weiterhin zu viele Kräfte, die sich aktuell in den technischen Neuerungen wie Internet beziehungsweise Quantencomputer versteckten, welche aber jene Kräfte unterstützten, vielleicht sogar selbst seien, die stets das Böse wollten und auch stets das Böse schafften; außerdem käme bald Pfingsten, was ja nicht bloß bedeute, dass die Welt in ihren vielen Sprachen sich neu darstellen werde, sondern was auch hieße, dass Erkennen vor Erleben, Erfahren vor schlichtes Ermöglichen gesetzt werde.* Dass er später am Tag, real oder virtuell, das tut nichts zur Sache, am Massaker beteiligt sein würde, tut hier ebenfalls

nichts zur Sache. Der andere Mann, er nannte sich – irrtümlich, weil bloß im wunschvollen Eigenverrat einmal – sogar einen Meister, sah von außen, erst nach kurzfristigem Erstbetrachten, aus wie ein recht braver Notar vielleicht oder ein Ingenieur in einem landwirtschaftlichen Betrieb, aber durchaus schon etwas wohlbestellt, mit Familie und, so seine Hoffnungen, bravem Weib und halbbraven zwei Kindern, oder wie ein Lehrer gar, aufgeschlossen, aber nicht allzu sehr, gewerkschaftlich interessiert oder gar bereits engagiert, also doch ein Wiener?; dieser Mensch, der dem Zug entstiegen war, welcher, bestehend aus alten und neuen Waggons, seinen Schwanz noch weit über die Bahnhofsdächer hinausreckte, denn es handelte sich schließlich um einen ausladenden und quasi Passagiere verspeisenden, internationalen Mittel-Ost-Europa-Train mit Liege- und Speisewaggons, wobei, das sei angemerkt, die drei Ausgestiegenen, dann Begrüßten, dann Befrühstückten, dann mit theatralischen Appetit-Ausschnitten Belustigten und eben Appetitbeförderten ... Appetitbefördert auf die abendliche Uraufführung vom wüsten, aber schon sehr lustvoll-skandalös-grauenhaft-lächerlich-blöd-und-gar-beschissen dargebotenen Schauderstück namens – und hier sind wir nicht ängstlich vor vielleicht sogar uns gerichtlich verfolgenden Anklagen den Stücknamen beziehungsweise vor allem sein so gar wohl herrliches Plagiat betreffend – MASSAKER IM DREIMÄDERLHAUS ..., also die drei Leute bestanden ja aus zwei Männern und einer Frau, den ersten Mann konnten wir schon punktuell und vor allem verschroben-punktuell schildern, der zweite ist nun wieder dran, also der Mann aus dem Kreise dieser drei Leute, welche dem Kurswagen aus Krakau entstiegen waren, die Nacht dort mit vielen Aufenthalten in slowakischen Kleinorten, warum?, verbringend – und das im Halbsitzen –, also, die drei Typen, von denen wir nun wieder den anderen Mann beschreiben, die sind nicht wirklich wahnsinnig was Besonderes gewesen, der eine Mann, wie gesagt, so ein leicht ausrangierter Passionsspiel-Typ, der andere, und nun kommen wir nach mehreren Berufsepitheta zum anderen eben, war – wie sollen wir es noch vermittelnd nennen, ohne diesen Meister noch mehr leicht zu verarschen –, der war halt auch mitgekommen. Sollte der bloß so etwas wie einen Protokollanten abgeben? Wird er das Verbrechen auch gut und willig dokumentieren? Ein verlässlicher Protokollant für die kommenden Stunden? Die Frau, und von der kennen wir auch schon den Namen, genauso wie für die beiden begleitenden Männer – diese entstiegen mit ihr aus dem Kurswagen, stammend aus Krakau, halbgebückt nach einer Nacht auf Sitzen, mit vielen Halten in slowakischen Kleinstädten und so weiter und so fort, der eine war der Emanuel, der Emmanuel, der Emi, der andere, so stellte sich später heraus, hieß Jürgen, tatsächlich –, also die Frau, Rita-Margarita, die stammte, und sie redete ja im Gegensatz viel zu ihren Begleitern, eindeutig dementsprechend, nach Geburt, Aufwachsen und Sozialisation, aus Wien. Noch keine 35. Und mit dem Besonderen beschenkt, das so manche Wienerinnen haben, sie gar auszeichnet und mehr. Es war der Schwung der Hüften, links und rechts abfallend von einem vergleichsweise schmalen Brustkorb. Im Grunde abfallend aus einem solchen. Es hat Zeiten, und Anschauungen, Anschauungen von Frauen und solche über sie, gegeben, in denen man diese weichen Bögen weniger mochte. Aber die sind vorbei, die Zeiten. Es ist in solchen Fällen des Körpers so, als hätte jemand an einem Flussknie Maß genommen, beobachtend von einem Hügel oberhalb eines solchen, sich die Inspiration zum Schwung in das Becken der Frau hereingeholt. Und nie musste man dabei fürchten, etwa quellendem Fett à la Tizian und Konsorten aufzusitzen. Oder badenden Frauen in Wiener Gänsehäufels vor den Sechzigern noch. Oder Burger-Süchtigen. Nein, *ollas paletti,* egal ob im eng anliegenden kleinen Schwarzen, in der weichen, leider den Trainingshosen weiland ähnlichen Kuschelhose oder gleich im Bikini, der zu zeigen erlaubten Gatti. Rita und Margarita im Vollen. Die Haut hell, der Hals glatt, die Fingernägel gepflegt, die Waden hingegen, sozusagen ein Ergebnis nach dem Schwung der Hüften, beinahe schmal. Die Haare schwer bestimmbar, weil augenblicklich leicht ins Rot gehend gefärbt. Und doch auch in selbstkritischen und zumeist sowieso heimlichen Beobachtern sofort Scham erzeugend, evozierend. Deswegen, weil ohne Correctness zunächst einmal, im ersten Anblicken, das ja doch ein Taxieren ist, beinahe begehrlich Äußerlichkeiten konstatiert werden. Weib-wundersame. Weibwirkungsvolle. Weib-wallend. Wohingegen die drei Herren, die wir auch keck Tick, Trick und Track genannt haben, doch bereits wohl ausführlich, also genügend geschildert worden sind. Waren das nun Eigenständige, Angemietete, Werbefritzen oder bessere Gehülfen? Zu ergänzen wäre vielleicht noch, was den Mann, der vielleicht oder gar nur wahrscheinlich Jürgen sich nannte, betrifft, dass dieser – nicht gleich sichtbar oder vor sich her getragen, was beides ja in einer zivilisierten Stadtgesellschaft kaum oder nur ganz selten verschämt möglich ist – auch eine Bezeichnung, eine private Zuordnung quasi, seine Süchte, Leidenschaften oder versteckten Begierden betreffend, verdiente, eine, die in Wien ehedem recht genau etwas formuliert hat, die aber im Zuge insbesondere der Medienvielfalt und des die Dinge *zerspragelnden* Internets verwässert und ungenau, weil zu viel bezeichnend, geworden ist. Man nannte so jemanden ehedem, und nur das meinend und nicht auch generell, *ein Weh* oder *einen Versagertyp* oder *einen Lulli und Schleimi, einen Marmeladinger,* worunter man noch bis tief ins 20. Jahrhundert hinein ziemlich dezidiert vor allem einen Mann verstand, der, durch Impotenz gezwungen, seine eigene sexuelle Befriedigung im Beobachten sexueller Handlungen anderer, diese allein oder zu zweien oder in Gruppen, zu finden oder im besseren Fall noch, voll weich sozusagen, zu erzielen versucht; dabei war es lege artis noch lustfördernd, sich währenddessen anzuurinieren oder anzufäkalieren, also sich währenddessen *anzubrunzen und anzuscheißen.* Allein, wie gesagt, der echte *Marmeladinger* ist und vor allem war und blieb als Typus ein diskreter Mann, der darauf bedacht gewesen war und ist, seinen Sexualbefriedigungsbereich nicht oder zumindest nicht allzu sehr öffentlich zu machen, kein Ärgernis damit zu erzielen oder gar störend vor anderen aufzutreten. Es fehlt nun noch in unseren Kurzbeschreibungen der Mann, jener er, welcher ja die Szenen am Bahnhof nach der Kurzbegegnung mit dem noch anderen, der nun bereits vom gegenseitigen Beschuldigen musik- und sprachlos zwischen Isolde und Tristan, kommend aus Orgelpfeifen, umhüllt und bedrängt wurde, hinter der Glasscheibe in Gang gebracht hat. Wir ahnen es. Er gab ein übliches Gegenüber ab. Lässig, aber nicht unelegant gekleidet, vor allem in Schwarztönen mit ein paar Farbtupfen an Hemd und Socken. Auffallend, nennen wir sie ungebändigt, gestylte Haare. Etwas zu viel Rasierwasser, Fahrenheit. Gelegentlich sich eine Brille aufsetzend, aufziehend, mit der aber sonst und offenbar lieber herumspielend, zwischen den Fingern, wie ein Islami mit sei-

ner Kugelkette, wie vor allem alte, scheingläubige Frauen mit dem Rosenkranz, agierend eher virtuell wie ein Musiker, aber einer des Mittelmaßes, welcher, vor allem um sich so in Erinnerung zu halten oder gar erst aufzufallen, mit seinen Fingern in der Luft und auf seinem Körper beinahe andauernd Musikerzeugungsbewegungen macht.
Umschnitt, schon wieder. Es driften bald im erinnernden Nachvollziehen die Sachen auseinander. Vorsicht.
Es ist viele Stunden später. Man begegnete sich, ja sich, bei der Premierenfeier nach der, sagen wir es offen, missglückten Teiluraufführung des neuen Stückes. Die hatte in einem der vielen, in Wien langsam vor die Hunde gehenden Kellertheater stattgefunden. Die Musik bestand, instrumental gesehen, aus Klavier, Violoncello und Klarinette. Der Raum für rund 100 Besucherinnen und Besucher war voll, von den eingeladenen Kulturpolitikerinnen und Kulturpolitikern oder jenen stets sich aufdrängenden Kulturmanagerinnen und Kulturmanagern war niemand anwesend gewesen. Dauer vorgesehen rund zwei Stunden. Keine Pause. Getränke mit gebotener Vorsicht am Platz erlaubt.
Die beiden Rettungswagen sind schon längst wieder fort gewesen. Jetzt stand man noch zwischen den Stühlen, dann draußen beim Buffet und dann auch, hinauswallend auf die Straße, irgendwie herum, plauderte, stellte Fragen, lachte, wenig, redete laut, immer häufiger.
Dort stand noch affichiert:
(Und unter den Versalien-Werbeworten wurde auch noch zusätzlich hingekritzelt, dass man bei der ganzen Chose nicht zufällig Weiningers „Geschlecht und Charakter“ sich reingezogen hätte.)

MASSAKER IM DREIMÄDERLHAUS
MUSIK NACH FRANZ SCHUBERT UND IMPROVISIERT UND POPPIG
ZWÖLF FRAUEN UND MÄNNER ALS MITWIRKENDE
KEINE KOSTÜME
ALLTAGSKLEIDUNG
SPRACHE ALTBIEDERMEIERISCH / HOCHDEUTSCH / FRANZÖSISCH
GESANGSTEXTE WIENERISCH

Es hatte zunächst ja nur eine vergleichsweise harmlose erste Protestaktion gegeben. Eine Selbstärgernis-Ouvertüre. Bis zu den Vorfällen wenige Minuten vor dem Stück-Abbruch. Die Intendanz hatte sich sowieso mehr erwartet. Bald nach dem Beginn des Stückes schon, als die – die ganze Handlung begleitenden – drei Bänkelsänger aufgetreten waren und sie die drei Einleitungsstrophen, also gleichsam eine Ein- und Verstimmung, leicht unanständig verfremdet zum Besten gegeben hatten, als bald und parallel zu ihnen sich die drei *Mäderln,* noch im Kostüm wie in schäbigen alten Moulin-Rouge-Filmen, drübergezogen über die Dirndl-Gewänder, beigesellt hatten und ihrerseits mit einem Eröffnungstrio, diesmal was Ähnliches, aber aus weiblichen Kehlen, angehoben hatten und als dann die ersten Zeilen aus dem jüngst erschienenen Gedichtband namens FRAUEN HAUEN vorzutragen versucht worden waren, dann schon gab es einen leichten Rumor im kleinen Saal, von hinten hervorkommend und sich ein wenig die Reihen entlangschleichend. Der Rumor wurde von einigen Zuschauer- und Zuhörerinnen erzeugt. Weibliche Wesen, nennen wir sie generaliter so, hielten einige Zettel in die Höhe, worauf mit dicken Filzstiftstrichen Worte aus dem gängigen #MeToo-Kanon, dann ein

Aufruf, neben gelebter Frauensolidarität auch mehr geforderte Frauen-Kunst-und-Kultur-und-Kreativitäts-Unterstützung zu leisten, und zwar sofort, aber auch, mehrfach rot unterstrichen, solche Vorwürfe wie *IHR SCHASDROMMELN* oder *WEISSE ALTE IMPOTENZLER* zu erkennen waren. Allein! Das Publikum ist – wie allgemein bekannt und damit beinahe bereits als solches erwartet –, schließlich schon recht geübt, gelassen und gefasst reagierend gewesen. Es erhob sich nämlich zwischen den mit Papieren Protestierenden ein Mann mit sehr sonorer und lauter Stimme, der um eine ganz kurze Stille bat, die ihm nach einem langsamen Abflauen des eingetretenen Rumors auch gewährt wurde. Sodann schlug dieser Mann, offenbar einer aus dem Leading Team, eine Abstimmung vor, auch mit dem Argument, dass man dadurch in der immer antidemokratischer werdenden Welt Flagge zeige. Abgestimmt sollte nicht über das Stück, dessen Inhalte oder Machart werden, sondern ausschließlich darüber, ob man – in Ruhe und ohne weitere Unterbrechungen oder Protestaktionen, mündlich wie schriftlich – die Uraufführung ungestört zum guten Ende bringen sollte. Es wurde per Handheben agiert, es wurde also per Akklamation, wie seit beinahe 3.000 Jahren in Europa, gehandelt; und: Für ein ruhiges und ungestörtes Weiterpräsentieren des Stückes votierten rund 95 Prozent der im Saale Anwesenden. Man munkelte später, der Demokratie-Vermittler hätte nach erfolgter Abstimmung beim Niedersetzen noch gemurmelt *Deppate gehean in die Würscht.* Die drei Eröffnungsstrophen, gesungen und dazu gehüpft von den *goa ned so unguadn Mäderln,* bestanden übrigens, dabei sich wie im ganzen Stück, wenn auch nur und zum Glück oft bloß wenig an das schon 100 Jahre alte Vorbild anlehnend, aus der „Rosamunden"-Musik, wie eben

originaliter schon gehabt, durchwachsen mit den Rap-Versuchen des weiland Herrn Falco oder vergleichbar den großartigen Wien-Musik-Frauen wie Steinberg oder Stippich; also – die Eröffnungsstrophen, nunmehr abermals zu geben erlaubt, hatten einen ziemlich beklommenen Duktus.
Individueller beobachtet nun.
Aus dem Publikum heraus.
So vielleicht [auch].
Er z. B. dachte währenddessen bei sich: „Macht Musik nicht vor allem Angst?"
Die Frau z. B. dachte währenddessen darüber nach, jetzt sehr bald die Toilette, *das Häusl*, aufsuchen zu müssen, *die Gschicht wütete seit kurzem in ihr.*
Der Mann z. B. versuchte, heimlich herauszufinden, wo er solch eine Musik denn schon einmal gehört haben mochte, eine, die immer in Todesgesten führt.
Und übrigens: So ist die eine Version über den Verlauf. Die noch folgendermaßen weitergeht.

Was ist für uns noch ein bisschen Gier?
Was dann erst macht uns zum feuchten Tier?
Wenn wir keusch scheinbar werben,
lassen die Männer sterben,
reiten selbst auf Prinzipien rum,
sind nichts als Tussis und andersrum.

Passt es auf!
Letzten Schnauf
gönnen wir euch, wenn wir reiten
auf euren Hüften, den gscheiten;
niemals vergeblich, denn so wird's möglich,
dass sich das Mädltum voll beweist!

Wie bereits bei Gelegenheit erwähnt, abermals Unruhe im Publikum.

Wir vom Dreimäderlhaus zeigen's eich,
schicken eich in die Peinlichkeit gleich.
Geht's doch, ihr Männer, aus unserem Bett.
Wö, in den Himmel kummts eh mit uns ned.

Mehr Unruhe. Abermals. Ablehnende Äußerungen im Publikum. Man wolle sich von so einem Trash nicht zum Narren halten lassen. Ja. Okay. Man wäre schon vorgewarnt hierhergekommen, aber man hätte Originelleres, um nicht zu sagen Hintergründigeres oder gar Intellektuelles auf der Basis jener sowieso nur eklektizistischen Vorbild-Operette, aber in neuem Gewand erwartet. Das hier nämlich wäre bloß eine übliche Austropop-Wienermusik-Mischung *aus der untersten Lod.*

Die Stimmung war ungut. Dann kam abermals eine Zurechtweisung der Intendanz, Correctness ebenso wie Demokratie bemühend.

Umschnitt, doch wieder mehr ins Individuelle sich neigend – und, sagen wir einmal so, memoriert während des nun noch einige Zeit weiter dahinlaufenden Stückes:
Ich sitze, den Tristan noch allemal verdauend, im Publikum.
Österreich ist eine Katastrophe und Wien ist das Mysterium dazu.
In Wien, beispielsweise, hat man die bunte Berufsfeuerwehr, alles sieht aus wie in einem Bilderbuch für noch nicht des Lesens Kundige, dort untergebracht, wo die ersten großen Römer-Kastelle über die Donauarme ragten und die Vorrömer-Siedlungen einst entstanden sind.
Wien. Dann wurde der Grundriss der pragmatischen Römer überwuchert, es bildeten sich die ineinanderlaufenden Linien, die eine tatsächliche, aber eine gefährliche und seltsam kreative Stadt erst ausmachen.
Und ebenso kommt es dann, selbst im ganz Kleinen wie hier im Raum, auf den alten Stühlen, im Dunst des Ungelüfteten, vor uns ein zum Himmel schreiender Blödsinn, eine scheinbar unhinterfragte Dummheit, zu den Treffen mit Menschen, die man ja gar nicht kennt, die aber trotz ganz anderen Zeit-Budgets dennoch hier zusammenkamen.
Ja, mysteriös, aber nur für diejenigen, welche ihren Erfahrungshorizont zur Basis ihrer Wirklichkeit gemacht haben.
Eine schräge Sesselreihe vor mir sitzen drei Leute, die offenbar von einer vierten Person eingeladen worden sind. Zwei Männer, seltsam uninteressant, und eine Frau, seltsam vordergründig eine Frau darstellend.
Ich fühle mich in der letzten Zeit immer mehr an manche Passagen in einem jüngst wiedergelesenen Buch erinnert, ein komisches, irgendwie packendes und doch beinahe bösartig

konservatives aus den Fünfzigern des Zwanzigsten, eines von Reinhold Schneider, „Winter in Wien“, haha Winter, eines von diesem monarchistischen Jammerer, diesem heimlich saufenden Gott-Untertan, dem Jammerer, dem stets so überaus Gütigen seinen konfessionell Begrüßten und den von ihm Adels-Erlaubten gegenüber. Trotzdem. Ich habe nun zum Glück nicht nur den langsam in hübsche Katstrophen driftenden Schubert-Operetten-Quatsch im Ohr – die *ogsoffenen Männa* watschen in der Folge beinahe ihre Bräute ab, der Hausherr, der Herr Tschöll, kommt mit einer Doppelläufigen hinzu, wir sind musikalisch währenddessen in der „Schönen Müllerin“, am Brunnen vor dem Tore wird alles plötzlich und unvorhergesehen enden, aber davon später mehr –, sondern auch ein paar Sätze aus dem eben erwähnten Buch. Ärgerlich. „Des Menschen Existenz wird durch den Herrn beantwortet.“ Ich denke da natürlich und mitten im anlaufenden MASSAKER IM DREIMÄDERLHAUS daran, dass dieser „Herr“ damit die menschliche Existenz *in den Arsch geführt* hat. „Die Rätsel des Kosmos und, im Vordergrund, der Geschichte, wiewohl der Menschensohn an Geschichtlichkeit nicht überboten werden kann, sind da, peinigen und erhöhen. Aber, gibt es überhaupt einen Verzicht ohne Schmerz?“ Im MASSAKER sind wir, was die Musik betrifft, in der Zwischenzeit bei Ausschnitten aus der „Unvollendeten“ angelangt. Der das Massaker schlussbefördernde Lindenbaum ist aber übrigens noch einiges entfernt. Später. Aber dann! Es werden weiterhin neue Szenen angedeutet, nach bekannten Vorlagen. Parallel. Schubert kommt aber selbst nie zu seinem, wie man später erfuhr, vorgesehenen großen Monolog. Mit der Unvollendeten im Ohr sage ich mir, dass so, durch diese Unvollendete, sehr wohl der Mensch in seiner Geworfenheit und Geschichtlichkeit, die angeblich noch durch keinen Erlöser überboten werden hat können, doch überboten wird. Im schwierigsten Lebenselement, nämlich in Wien, sind Schmerz und das, was zum Beispiel die Unvollendete erzeugt, der ausschlaggebende Tropfen am Glas. So. Du *Pief.* Das war jetzt ziemlich sentimentalistisch-furchtsam dahingesagt. Hingegen. Auf der Bühne, in Triobegleitung und akkompagniert von den beiden Bänkelsängern, ist man schon so weit, dass man sich mit Schubert-Melodien, und wenn ich mich nicht irre, dann jene aus der Mordszene von „Der Zwerg“, wieder einmal im schlichten Reimen und Versen vergnügt.

Theologie ist Onanie.
Vor dem Kosmos und dem Geist,
vor Geschichtlichkeit.

Übrigens, wie bereits angedeutet, die Versionen über diese UA und vor allem deren Ende durch Abbruch driften schon gehörig auseinander.
Auf der Bühne kommt es während dieser Gstanzeln zu mehreren unguten, nein, unschönen, Szenen. Obwohl ich nicht sagen könnte, was davon echt gewesen ist. Oder war das überhaupt nur von mir imaginiert? Dazuprojiziert?
Ich denke, hilflos beinahe, noch rasch an das Folgende im Schneider-Buch. „Das Göttliche in der Botschaft des Herrn ist für die Menschen die Begrenzung und Beschneidung, das Schweigen vor den unendlichen Räumen, und als bedeutendste Hervorbringung sehen wir wieder den Menschen in den kosmischen Bezügen. Aber wer will diese Singularität im All leben? Es zieht uns immer in den Untergang der und mit der Kreatur; auch wenn sie einen Frieden zu erwarten sich erlaubt.“

Draußen dann in Lichtenthal,
treiben wirs gern allemal, sommersonnenvielbekränzt.

Zusammenfassend wäre noch zu sagen: Die drei Mäderln gehen den Weg des Irdischen. Die drei Verehrer von ihnen auch. Sie machen sozusagen diesen irdischen Weg, mit sich, miteinander. Es war mir dauernd, als hätte ich diese Männer vor mir heute bereits irgendwo gesehen, in der Stadt vielleicht, sich, für die abendliche Uraufführung werbend, produzierend. Der F.Sch.-Darsteller macht seine Sache hingegen ziemlich fein, er ist zwar fetter als man diesen Schubert wohl je gesehen hat, aber er singt im hohen und hellen Tenor beeindruckend. Der Darsteller des Mäderl-Vaters ist plump wie alle Wiener Volksschauspieler, die hauptsächlich in Vorabendserien des Fernsehens auftreten, er spielt sich dauernd in den Vordergrund und man glaubt ihm das Abgefeimte nicht, welches dann möglicherweise – zwischen den Kulissen schamvoll versteckt – zu den drei Ehrenmorden an seinen angeblich geschändeten Töchtern geführt hat. Bezeichnenderweise gibt das kleine Musikensemble dazu, begleitet von etwas geil-vibratovollen Pfiffen der Bänkelsänger, das Lied vom Röslein auf der Heiden. *Der Knabe bricht, das Mädchen sticht, es muss* – sic, es muss –, *eben leiden – brechen, wehren, stechen, weh und ach.* Der Beweis Gottes, dass es gut war, Menschen geschaffen zu haben? *Für das Genusszwergln?*
Und kurz vor dem Schluss-Tumultoso des ersten Teils vom MASSAKER gibt es dann noch eine Lindenbaum-Version vom Feinsten und Schlimmsten.
Zunächst ist man aber noch recht froh.
Is eh ollas dulli und dulli und jöh.

Schneider meint dazu, „dass der Mensch Krone und Phönix ist".
Die Schlussbilder im Stück-Werk waren dann weniger gelungen. Also: der Abtransport der Leichen, sowieso nur verschämt wiederum hinter den Papp-Kulissen kaum angedeutet. Der Hauptdarsteller, sich vor sein Notenpapier zurückziehend. Er schreibt wieder was, *scheißt sich nix* um das weitere Geschehen rundum.
Wobei es jetzt ja doch zu einem ausgesprochen feinen dramaturgischen Kniff kommt. Die Musik intoniert irgendwas im langsamen Blackout, die Instrumentalisten immer mehr zurück sich haltend, die Bänkelsänger mitsummend, die übrigen Mitwirkenden, so noch am Leben, vor sich hin pfeifend ...
Also der Kniff bestand darin, dass man Alban Berg zitierte, die Trauermusik, diejenige nach dem Mord und vor dem finalen Wirtshausbesuch, aus dem „Wozzeck".

Ich sammelte wieder und weiter, hoffentlich würde ich mir das merkend speichern können auf der Hirn-Festplatte.
Nämlich.
Für mein Register, zum Registerauffüllen, voll im Schastricherl: Ich. Zur Sammlung hinzuzufügen, jetzt abgespeichert im Nachthirn in Vorstädten wandernd, nein, irrend; oder auch: die Tagesernte, voll aus den Erlebnissen und Epiphanien des Tages herausgewachsen – in kleiner Auswahl:
Oaschkapplmuster bzw. oaschgfingerlts Russenkind, Nebbochant, Heisl, Sacklpicker, Preiswixer, Zugraster, Hieb, Heh, Es geht einem das Geimpfte auf, Oida, Die Alte Donau, das Tschuschn-Aquarium, Wählt Wappler!

Hingegen.
Anderer Blickwinkel wieder.
Er verließ früher als die meisten anderen den Umtrunk, Veltliner vor allem.
Ließ seine Gäste? aus dem Osten allein.
Suchte auch nicht einen Kontakt mit jenem Mann, der, sein Gesicht zu einem Faltenchaos gepresst, ihm des Morgens und nach einigen Möglichkeiten jedenfalls hier wieder begegnet war?
Er ging hinaus auf die kaum mehr belebte Straße.
Stand da, das eine Auge in den Himmel gebohrt.
Das andere war zu.
Die Aufführung hatte ihn kaum bewegt, wenig interessiert und schon gar nicht künstlerisch beeindruckt.
Ein Schastricherl eben, mehr nicht.
Aber es gab da etwas, das doch geblieben war.
Jenes theatralische Verfügen soeben über Menschen? Verfügung durch Theater.

Über Leben? Das Überleben? Die Musik als böse Basis.
In jener Operettenadaptionspersiflage sang man, nachdem es *übliche Wickel* gegeben hatte zwischen Mann und Frau, in einer Coupletstrophe sogar den Wiener Vers *Wird schwo wieda besser werdn, wonn de oidn Weiber sterbn.*
Und diesmal war das nicht dargeboten worden von irgendwelchen für zwei Tage hochgepuschten jungen Pop-Frauen oder Knabengruppen, welche sich in nichts voneinander unterschieden, außer im protzigen oder schwindligen Schüchti-Darstellen in den Medien. Kinder, die Kunst behaupten. Nein, das Katastrophale ist durchaus professionell gewesen.

Damals.
Ich lief fort. Durch die schlafende Stadt. In meiner Passion. Kam wieder, stand im Innenhof, an eine bröckelnde Wand gelehnt, meine Passionsgeschichte hinter mir und noch viel mehr weiterhin vor meinen Augen, ein Weg, freiwillig gegangen entlang des Styx, aber flussabwärts, ich schaute hinauf zu den Drohungen und dem Gekreuzigtsein, mein Fenster war dunkel.

Später.
Ich fand mich irgendwie irgendwo. Diesmal als ganz ehrenhafter Internet-Sammler von Materialien über den Bau der Erde. Er ist schlecht bezahlt gewesen, der Job. Frühstückbefreit, aber ich konnte während der Arbeit ungestört Musik hören, Kleinmeister, und in Büchern ganz anderer Provenienz als die aufgetragenen Wissens-Bibliografien über unseren Planeten blättern. Ich habe es auch wieder mit Kant versucht. Zum Beispiel: „Über Würde und Autonomie". Auch: „Vernunft als eine Voraussetzung für die Metaphysik der Sitten". Und leider auch

folgender Quatsch: *Man muss also das Wissen aufheben, um zum Glauben Platz zu bekommen, und der Dogmatismus der Metaphysik, d. i. das Vorurteil, in ihr ohne Kritik der reinen Vernunft fortzukommen, ist die wahre Quelle alles der Moralität widerstreitenden Unglaubens, der jederzeit gar sehr dogmatisch ist.*

Spannend wurde währenddessen aus dem immer mehr sich mir doch zwangsläufig öffnenden, neuen Berufsfeld zu erfahren, dass unser Erdball, also das runde Ding mit einem Durchmesser von rund 12.700 Kilometern, aus runden konzentrischen Eisen-Nickel-Magnesium-Schichten besteht. Dass man aber noch nie tiefer hinuntergekommen ist als gerade einmal 14 Kilometer. Dass sich dort unten die runden Gravitationsfelder zu verschieben beginnen. Dass man trotz davon gelieferter Faktenlosigkeit annimmt, dass es bis zum Erdmittelpunkt immer heißer wird, über 5.000 Grad Celsius, was aber nur Überreste von Urknall-Folgeerscheinungen darstellt.

Dort unten jedenfalls ist niemand. Die Welt schweigt.

Die Wöd hoit di Pappn. Hab ich schon zu mir gesagt: *Eierspeistrapper?*

Eine Katze jagte in einer Ecke eines Zinshauses eine Maus, eine, die sie bereits verwundet hatte. Die Maus zitterte vor Angst, Panik und Schmerzen. Die Katze zitterte vor Lust.
Ein jeder Engel ist schrecklich.
Und die Welt schweigt.

Hingegen Er.
Dieser Angelus? Bald im Spätfrühling, während dieses Pfingst-, ja, was?, während dieses Pfingst- ..., ach, was? Er und ich sublimieren nun die Geilheit. Mit Rilke als geilem Herrn K. schon wieder. Geht toll. Sechste Elegie. *FEIGENBAUM, seit wie lange schon ists mir bedeutend, wie du die Blüte beinah ganz überschlägst und hinein in die zeitig entschlossene Frucht, ungerühmt, drängst dein reines Geheimnis. Wie der Fontäne Rohr treibt dein gebognes Gezweig abwärts den Saft und hinan: und er springt aus dem Schlaf, fast nicht erwachend, ins Glück seiner süßesten Leistung. Sieh: wie der Gott in den Schwan.*
Ein ordentlich geiler Text, so denken beide?, unabhängig voneinander, übers *Pudern, Schnackseln.* Der längste Sommer kann sodann beginnen. Der längster Sommer? Für wen? Noch? Für ihn? Es sind alle Straßen leer. In einem tiefen Rausch kann ich durch diese Ödnis gehen, es werden die Portale geschlossen, ich kann mich nicht erinnern, was ich dahinter gesucht habe. Bilder? Bücher? Blätter? Töne? Ich gehe ziellos durch die Stadt, denn beim Gehen wird das fühlbar, am deutlichsten fühle ich es sozusagen mit einer Erschütterung. Auf Brücken. Brücken, ja. Man spürt die Erschütterungen auf dem Boden, auf den Fußsohlen. Es ist, als hätte ich dort hinein einmal, über dem Wasser, vor kurzer Zeit gar, einen Ring geworfen, nein, nicht dort *hineingebrunzt,* wie jetzt manche keck-erregt denken

würden. Einer, der mich mehr gebunden hat als alle anderen Ringe bisher. Und der nun liegt und wartet. Der weiß schon, es ist alle Vernunft aus meinem Körper, mit meinem Körper draußen und es ist mit ihm geschehen. Es bewegt sich nur in mir ein ständiger, sanfter Schmerz, wie ein Gekreuzigtsein. Es soll, so sagt man, für das ganze Leben sein. Der Parkwächter aber sagt, ich könne hier nicht bleiben, die ganze Nacht vielleicht noch dazu. Es gibt zu viel Gesindel. Gute Nacht doch, gehen Sie nach Hause, wenn Sie eines haben, wenn Sie eines finden. Ja, am besten gehe ich. Zwischen den Seitengassen. Zudem Hausnummern, die vielleicht, die wahrscheinlich, nein, die vielleicht etwas, nein, die nichts bedeuten. Oder eben 6 für Pastorale, 9 für die Freude, die angeblich ein Götterfunke ist, 18 für den Boléro und den Joyce-Ulysses, 32 für Klaviersonaten, 34 für Variationen und enigmatische, aber irgendwie lustige Drohungen, weit über 100 für Kantaten, weit über 1.000 für Schubertwerke, weit über 1.000.000 für Tristan-Notenköpfe.
Meine Passionsgeschichte vor Augen.
Eine, die ich wieder freiwillig gegangen bin, von dem einen Haus zum anderen Haus.
Meine Fenster sind dunkel,
Die Fenster an sich, die Fenster beinahe überall, sie sind dunkel. Sie waren erleuchtet. Sie waren erleuchtete Fenster. Sie waren.
Ohne Schatten dahinter nun, Schattenspiele, welche – wenn in abgestufter Bewegung – Geiles, Hintergründiges oder Furchteinflößendes suggerieren können/könnten.
Die Fenster sind dunkel.

Wien schweigt.

Kapitel 3
Ein so genanntes Pfingstwunder oder auch wieder nicht

Pfingsten, das liebliche Fest, war gekommen.

Zum besseren Verständnis einbegleitend erzählt:
Wir saßen im Halb-, nein, im Dreiviertelkreis.
Spätnachmittags.
Und es sei noch weiter berichtet vorweg, dass wir 13 Menschen gewesen sind, ohne Rücksicht zu nehmen auf diese lächerliche Zahl.
Vorgaben, nach Begrüßungen und einem leichten Initialtrinken:

Jede/jeder erzählt, eventuell nachher diskutiert oder auch nur besprochen, eine Schandgeschichte, eine ihr/ihm unangenehme, jetzt, älter werdend, auch peinigende Geschichte, Schandgeschichte, eine aus der Jugend, besser noch eine aus der Kindheit. Nicht lang soll es werden, jeweils, ein paar Sätze genügten oft, alles womöglich in Wien und Umgebung situiert. Es dürfe dabei aber grundsätzlich keine medizinische Analyse-Situation entstehen, mehr Tausendundeine Nacht im Kleinformat, sich erinnernd, etwa wie beim Aufwachen.

Ich habe als Kind mit circa acht Jahren zum ersten Mal eine Operettenvorstellung mitansehen können. Ich würde lieber sagen, mitansehen müssen. Es war, so ich mich recht erinnere, ein Stück, das Franz Schubert, seine Musik und sein Umfeld, wie soll ich es anders sagen, verhunzte. Mir war im Dunkeln des Zuseherraumes schrecklich zu Mute. Ich bettelte bald, diesen Zuseherraum wieder verlassen zu dürfen, zu können. Wir saßen zudem Parterre Mitte. Schließlich zerrte ich meine neben mir sitzende Tante mit hinaus. Sie schleifte mich beinahe aufs Damenklo. Ich kotzte dort ein wenig und urinierte nach

Bubenart im Waschraum, mitten auf den Boden. Ich habe mich dabei endlich bald ziemlich wohlgefühlt. Später, auch deshalb, weil mir dieses Vergehen, ja, ein Vergehen wurde das genannt, interfamiliär immer wieder vorgehalten worden ist, schämte ich mich. Besser, darf ich sagen, versuchte ich mich zu schämen. Heute verspüre ich aber noch immer in geschlossenen Theaterräumen mit allzu weit entfernten Ausgängen Beklemmungen. Ich sitze, egal was es kostet und zudem sowieso nur mehr ganz selten, in einer Loge mit Stühlen und weitem dunklem Hinterbereich, der mir zudem jedes Mal voll sexualisiert erscheint.

Murmeln, Nachschenken. Einer plappert noch mit egoistischem Selbstwitz aus der Rilke-Elegie dahin; den Schluss, das mit: O Mutter der Helden, o Ursprung reißender Ströme! Ihr Schluchten, in die sich hoch vor dem Herzrand, klagend, schon die Mädchen gestürzt, künftig die Opfer dem Sohn. Denn hinstürmte der Held durch Aufenthalte der Liebe, jede hob ihn hinaus, jeder ihn meinende Herzschlag, abgewendet schon, stand er am Ende der Lächeln – anders. Hm, ist das Kitsch oder schon Wahrheit, ohne damit was anfangen zu können? Aber, Zucht und Zaum! Das ist jedenfalls nicht Gegenstand unseres Pfingstdenkens. Ganz und gar nicht. Auch wenn man unter Erkenntnis ja ziemlich viel, wahrscheinlich beinahe alles subsummieren kann. Religionsquatsch zwischen Rosenkranz und Credo vielleicht, und vielleicht auch nicht. Aber sonst.

Als etwa acht- bis neunjähriger Knabe war ich bereits Mitglied einer katholischen Jungschar-Gruppe und dort, weil bereits ziemlich entwickelt und deswegen gern brutal, bald ein zumindest, sagen wir, unangenehmer Kleingruppenanführer. Es schaudert mich, aktuell nun, schon ein wenig, wenn ich daran denke, dass wir einfach böse gewesen sind. Ein Beispiel. Es gab in den jüngeren Gruppen oder Schulklassen damals weiterhin noch Knaben, die allein schon wegen ihrer Herkunft benachteiligt gewesen sind. Das drückte sich in abgelegter Kleidung, in einer Taschengeldlosigkeit, auch in offenbar wegen Mangelernährung schmaler Körperlichkeit und heller Haut, auch in einem etwas penetranten Geruch und vernachlässigter Pflege von Fingernägeln oder Unterwäsche aus. Ein Hauptziel von mir ist ein Bub gewesen, der zwar, ich weiß nicht wieso, damals und in diesem Umfeld, Tristan geheißen hat, der sich deswegen aber voll schämte und sich Hans-Peter rufen ließ. Wir jagten den manchmal durch die Gassen, bis er weinend bei zufällig begegneten Menschen Zuflucht zu erlangen trachtete. Etwa bei einer auch ihm wohl Fremden, die er heulend anbettelte mit: „Du, Frau! Die wollen mich hauen!" Mir wird noch heute rasch mies, wenn ich daran denke. Und doch denke ich dann weiter, wohl als Rettungsversuch, dass so etwas eben ein Probeleben für das Erwachsenenleben gewesen ist. Für mich ebenso wie für den armen Hans-Peter-Tristan.

Eher Stille.

Wir sind damals – wie wir jetzt, so rundherum – oft als Kinder im Dreiviertelkreis gesessen. Ich bin die Jüngste gewesen.
Ebenfalls wie jetzt. Ich erzähle knapp. Mir hat damals mein kommunikatives Leben nicht so wirklich gefallen und mir gefällt bis heute nicht, wie ich mich korrekt oder irgendwie wissenschaftlich oder auch nur verständlich ausdrücke.
Ich wurde deshalb auch als noch ganz junge Frau verspottet. Vor allem mochte und mag ich noch immer nicht das Wort

„Miss-Brauch" im Zusammenhang mit Frauen und Kindern. Also einen Gebrauch. Ich kann zudem einen „Wahl-Kampf" nicht leiden. Also den demokratischen Kampf. Und schon gar nicht eine „Völker-Schlacht" schmecken. Also Völker wie im Schweine-Gemetzel-Stall.

Alle im Dreiviertelkreis: viel Belustigung nun, wenig Schämen, Motschgern, vor allem aber dann brav Nein, natürlich nicht so sagen, dann im Parlando untereinander Ja sagen, leider sogar bald doch wieder zu diesen Schlachten und Kämpfen und bei diesem Gebrauchen. Derjenige, der zuvor noch den Duineserschluss gemurmelt hatte, flüsterte so halbheimlich und grindig zitierend: Nach dem Essen sollst du rauchen oder eine Frau gebrauchen, kannst du beides nicht ergattern, lass ihn durch die Finger rattern. – All das passierte locker und flott, zog sich zugleich etwas dahin, zwar noch akzelerierend anwachsend im Erkenntnisdreiviertelkreis, der aber bald und kurzfristig an der Kippe zum kindischen Erinnerungsmassaker stand.
Hingestürmt zu reißenden Strömen und Schluchten neben dem grünen Tal.
Die Abfolge funktioniert nicht so richtig. Im Pfingstkreis. Eh kloar. Im Dreck?
Andante più mosso.
Zugegeben, es gab vorher keinen Losentscheid für- und untereinander. Dennoch. Weil: Gelebte und schlicht praktizierte Demokratie ist schwer.

Erinnernd. Ich bin jetzt dran?! Etwas zwanghaft und zwangvoll war und wird es nun. Es gab einmal ein Spiel, einen spielerischen Wettbewerb, selbstgefällig-studentisch vor allem, eine Gruppenunterhaltung und so halt. Zwei Fragen sollten, möglichst einvernehmlich oder wenigstens weitere Interessen oder Widersprüche weckend gelöst oder wenigstens gut angedacht werden. Erstens: Wenn man die Weltbevölkerung bisher, angeführt von ihren Hauptvertretern, irgendwo aufmarschieren lassen müsste, also so wie bei einem zelebrierten Queen-Geburtstag oder -Todestag oder einem Konzil oder bei der Eröffnung einer Fußballweltmeisterschaft, dann wäre die Reihenfolge der Antretenden, das erste Dutzend allein schon, eventuell folgende: Jesus Christus, Adolf Hitler, Gaius Julius Cäsar, die Jungfrau Maria, Napoléon Bonaparte, Angelika Merkel, Mao Tse-tung, Franz Schubert, Aristoteles, Neil Armstrong, Marilyn Monroe, Mohammed, Sigmund Freud? Man einigte sich auch noch dazu auf den bewertenden Satz: Dann wäre allerdings was los, so viele Alpha-Tiere auf einem Fleck, die würden sich alle gegenseitig aber recht umgehend erschlagen. Zweitens: An welchem Ereignis hätten sie, und sei es auch nur als die legendäre kleine Maus im Unter- oder Hintergrund, gern teilgenommen? Man einigte sich schließlich und endlich auf nur mehr ein halbes Dutzend an Geschehen. Den Urknall. Eine leibhaftige Begegnung mit dem Teufel. Als Odysseus, gefesselt auf dem Schiff, an den singenden Sirenen vorbeizieht. Die Erleuchtung des Buddha unter einem Feigenbaum. Das In-die-Welt-Setzen des Tristan-Akkordes wie auf einem Hopper-Bild. Das Pfingstwunder über den Aposteln mit der gleichzeitigen Erfindung der bis heute gültigen Sprachen. Aber: Es kamen nur Männer vor!

Man ließ weitere, unterschiedliche Aha-Erlebnisse anklingen. Es gab Widerspruch. Neue Ideen. Das Tempo der Szene wird nun als Quasi-Allegretto aufgenommen.

Lasst mich jetzt einmal! Und ich will versuchen, das alles ohne Sexanklänge oder verschwitzte Erinnerungsdetails oder Zweideutigkeiten zu erzählen. Obwohl es sich beinahe ohne solche nicht ausgeht, gewöhnlich, nicht einmal als winziges Pfingstwunder. Seltsam? Aber das Unbewusste badet sich viel lieber im Saft der Häute und der Münder und des Versprühten aus der Fontäne Rohr als das Bewusste mit seinem Anhänger namens Logik. Ja, zugegeben, das war soeben ein kleines und leicht verschobenes, verschrobenes auch, haha, Zitat; aber so geht es schließlich bereits dahin, seit wir dasitzen. Nein, weg jetzt mit Selbstbezichtigung. Ich schäme mich beim Gendern. So und so nämlich. Weil so eingesetzt und weil dann so wieder andere vor den Kopf stoßend. Gut, und das war es auch schon. Von LGBT und von LGBT+ erst gar nicht zu reden. Von LGBTQ schon überhaupt nicht. Nein, bitte jetzt keine Einwürfe. Jede und jeder und jedes von uns sagt einfach was. Abgemacht weiterhin? Damit hat es sich, undiskutiert. Denn gibt es eine Trans-Sprache? Was bringt es, wenn man sich dann mit der zerfleischt. Ein LGBT+-etc.-Vokabular einrichtet? Das dann soundsovielen Leuten auf die Eier und Eierstöcke und die Narben dort geht. Aber dass „frau, es, man" sich nicht einmal darauf einigen kann oder darf, zum Beispiel, ob wir neben „der Dreck" auch „die Dreck" sagen dürfen. Ich denke und erinnere nur an die jüngst passierten Szenen in einem Kleintheater, als in einer Transformierung der Kitsch-Operette „Das Dreimäderlhaus" die herausgeschälte Brutalo-Operette zwar bereits mit dem Wort Massaker im Titel vorgeführt worden ist, worin man/es/sie ganz bewusst die Frauen- und Männergruppen, sowieso nur manchmal, was zu einer noch größeren Verwirrung geführt hat, umdrehte, auch mit solchen Worten und einem Männlich-weiblich-sächlich-Gequatsche. Ja, zugegeben auch und noch einmal, das war jetzt nichts aus der Jugend oder aus der Kindheit, so wie von uns vereinbart, wiewohl doch es nach einigem Nachdenken dort wurzelt, und es bewegt sich in mir und wohl auch in uns wie eine ungelöste Pubertäts-, wie soll ich sagen, heute noch dazu, also wie eine Pubertäts-Nichterkenntnis vielleicht. Ich berichte schlecht. Entschuldigt! Aber, noch einmal dieses aber, egal eigentlich. Als praktisches Gegenteil noch erzählt. Wirklich eher negativ und bleibend bewegt hat mich als Kind das Folgende. Meine Familie und ich, vier Personen, wollten eine Urlaubsreise machen, durch Europa, Frankreich, Spanien, dann wieder hinauf und Holland und Deutschland. Gespart hatten wir auch. Die notwendigen Ausrüstungssachen waren besorgt, ein paar Quartiere konnten im Voraus bestellt werden, per Brief, weil Internet und Booking-Mails gab es ja noch lange nicht. Wir fuhren los. Aus Wien, wir wohnten in Lichtenthal wie die Tschöll-Mäderln dereinst. Nach 20 Kilometern ging unser Auto ein. Kein Wunder, so erkannten wir die Chose später. Selbst St. Pölten war noch weit vor uns. Von Amstetten oder Sankt Valentin gar nicht zu reden. Der Wagen war mehr oder weniger irreparabel. Der Sommer auch. Meine Schwester hat diese Zurückweisung vom Geschick, an welcher ja kaum wer tatsächlich Schuld trug, meine Eltern vielleicht als schlecht Vorbereitende noch, dann immer wieder thematisiert, ja sogar, sie ist heute – die meisten in diesem Kreis wissen es sowieso – zwar Germanistin, aber vor allem Mitglied von so halbprofessionellen Theatergruppen, in einer Bühnentätigkeit aufzuarbeiten versucht. Quasi als Fallstudien-Aktion für und gegen Niederlagen an sich oder schlichte Bösartigkeiten bisher. Lächerlich, selbstbespiegelnd, dennoch. Ja, sie die LGBT-Aktivistin, was doch wieder für ein grauslicher Martialismus schon im Wort, sie hat schließlich geradezu übereifrig im Massaker-Dreimäderlhaus mitgewirkt. Lächerlich, abermals, im Grunde. Vor allem wenn man jetzt solche, sowieso austauschbare, Sommerenttäuschungen von ehedem, aktuelle Diskussionen um Geschlecht und Charakter und doch nur gesucht blöde Kleintheaterproduktionen miteinander in einen Topf haut und sich zwischendurch aber fein und gebildet tuend an einem Herrn Rilke mit seinen Antiversen, gespickt mit dem Rosenkranz, aufgeilt, am Rainer Maria, diesem, ja das Wienerische kennt etwa einen Brutalo-Ausdruck, *Marmeladinger,* diesem!

Man macht zwischendurch dann weiter, beinahe auf Finnegans Wake und Elegien wie gehabt.
Affetuoso.
DIE LEERE MIT DEM GRAUEN LUFTZUG.
DEN GANZEN TOD NOCH VOR DEM LEBEN SO SANFT ERHALTEN.
ES IST UNBESCHREIBLICH ...
DIE BÄLGE HOCHREISSEN, ENGEL UND PUPPE.
Eine hübsche und geübte Zeit-Vertreibung stellt sich also ein.
Immer rundum.
Und die Erwähnung des Weininger-Buches vom Geschlecht und dem Charakter kommt währenddessen aber schon gar nicht gut an. Wiener Schweinereien, so wird vorgeworfen, im angeblich heute sakrosankten Jugendstil-Kleid. Auch eine Frauenverachtung sei das, wie man sie jetzt, weit mehr als ein Jahrhundert später, kaum mehr findet. Zum Glück.
Rettung wird sich gegenseitig versprochen, bald, aber eben bald vonnöten.

Die Worte suchen wie beim J. J.
Sie neu zusammensetzen. Aus verschiedenen Sprachen auch – Kunststück, Pfingsten!
Die Nächsten sind dran!
Ja, die Nächsten, gemma!
Mut!?

Ich war ein Schwein, ganz jung, als Bub, als *Bua* ebenso wie bis vor kurzem.
Ich war aber ängstlich dabei.
Ich war immer aus Wien.
Ich war erst jüngst in der Uraufführung – allerdings Folgeaufführungen gibt es ja sowieso keine – vom MASSAKER IM DREIMÄDERLHAUS.
Das heißt, ich war sozusagen ein Komparse.
Damals, in den Kulissen, als die Vorstellung zum zweiten Mal vor dem Abbruch stand. Das dritte Mal dann hat es funktioniert mit dem Massakrieren des Stückes. Damals, die Szene, in der sich der Schubert mit herabgelassener Hose erschießt. Oder auch nicht, was weiß denn ich.
Und, aber, diese zweite Sache? Also. Sie saßen schräg seitlich der Bühne, fünf Leute, solche noch dazu, die sich kaum kannten, und da sind auch welche dabei gewesen, die behaupteten, sowieso erst des Morgens in der Stadt angekommen zu sein; außerdem war jemand da, der faselte einiges herum, zum Beispiel, dass er die Oper „Tristan und Isolde“, ja, die vom Wagner Richard, heute in einer Kirche bei der 10er Marie auf der Orgel gespielt habe gehört, vormittags. Also, Entschuldigung, die zweite Sache. Der Minichor hat, nein, hätte das Schuber-Lied „Du bist die Ruh, der Friede mild“ intonieren sollen. Man erinnert sich,

das ist dasjenige mit den G-Dur-Akkorden, die nie was hergeben, aber hier eben schon, und wie sogar. Und dann driftete man aus diesem Lied, Text der weinerliche, aber nie üble Rückert, driftete doch glatt in den Fünfzigerjahrschlager aus dem gleichnamigen Film „Die Brücke am Kwai", also in den „River Kwai Marsch". Eigentlich ja der „Colonel Bogey Marsch". Alles war dann fesch im Rhythmus und glitt dergestalt voll hinein in eine, in die wunderbare wienerische Version des „River Kwai Marsches". Also, und das noch dazu in der besungenen Sehnsucht und was sie stillt, so zumindest beim Rückert-Fritzi, doch hier – ja, Achtung, noch einmal, Wien nämlich – neu getextet oder bloß zitiert:
Fräulein, se hom a Loch im Bauch!
Fräulein, do ghead a Stöpsel drauf!

Verschämtes Lachen, dann lauter, dann leiser. Noch wer. Diversato.

Ich hab das über die Jugend, und wir bleiben noch im Thema, ja bitte, also auch beim Duineser einmal gelesen und nicht verstanden. Heute auch nicht, noch immer nicht so wirklich, aber immerhin weiß ich, dass es angeblich was Besonderes darstellt in all der ins Gegenstandslose driftenden Dichtung. Wenn ich mich recht – zitierend jetzt – erinnere, dann hört die Passage auf mit einer geradezu „Ode ans Absurde" im Kleid der Kindererziehung und des vierten Gebotes; ein *Papierl,* rausgerissen aus einem Insel-Taschenbuch, wo viel draufsteht davon, trag ich viel bei mir, mitgebracht jetzt natürlich: Wer saß nicht bang vor seines Herzens Vorhang? ... Er ist verkleidet und er wird ein Bürger und geht durch seine Küche in die Wohnung. Ich will nicht diese halbgefüllten Masken, lieber die Puppe, die ist voll. Ich will den Balg aushalten und den Draht und ihr Gesicht. Hier.

Ich bin davor. Wenn auch die Lampen ausgehn, wenn mir auch gesagt wird: Nichts mehr – wenn auch von der Bühne das Leere herkommt mit dem grauen Luftzug, wenn auch von meinen stillen Vorfahren keiner mehr mit mir dasitzt, keine Frau, sogar der Knabe nicht mehr mit dem braunen Schielaug. Ich bleibe dennoch. Es *giebt immer Zuschaun.* – Na gut, also, Herrschaften, versteht man das? Oder ist es erst angetupft für ein pfingstliches Verständnis nach Pfingsten? Und für unser Thema, diesmal zur Pfingstsession, mit dem Erkenntnisdruck – nochmals: O Stunden der Kindheit, da hinter den Figuren mehr als nur Vergangenes war und vor uns nicht die Zukunft. – Ich würde sagen: noch nicht die Zukunft. Oder auch: bald erst die Zukunft. Oder auch: vielleicht die Zukunft. Eine Zukunft.
Denn der Anbeginn ist ein reiner Vorgang.

Unruhe

Etwas, das überging in reinen Weltenraum.
Bitter schmeckendes Leben, meines kostend, Vater.

Unruhe

Im ersten trüben Aufguss meines Müssens.
Im Nachgeschmack fremder Zukunft.

Noch allemal Unruhe

Gleichmut, wie ihn die Toten haben.
Reiche von Gleichmut.
Wenn mir zumut ist zu warten vor der Puppenbühne.

Abflauende Unruhe

So war es wohl, wenn wir die grindige Hülle aus dem Stück, von dem Stück entfernt haben. Übrig blieb ein Meister mit seiner Magrit/Melusine/Mirjam.

DIE LEERE MIT DEM GRAUEN LUFTZUG.
DEN GANZEN TOD NOCH VOR DEM LEBEN SO SANFT ERHALTEN.
ES IST UNBESCHREIBLICH …
DIE BÄLGE HOCHREISSEN, ENGEL UND PUPPE.

Der Abdruck blieb.
Und schreiend waren wir den Engeln ferner als zuvor.
Und hatten Brot in Händen, das vor den Händen schon zu hart.
Im runden Mund nicht passend und erweichend.
Es ist so herrlich vor der Ohnmacht.
Wo wir dann eins sind, nur im Aufwand des anderen fühlbar.
Nur im Aufwand der anderen fühlbar.
Nur fühlbar.
So lange wie das All sich müde-faul bequemt, wir hastend zu dem Fühlbaren hin.
Wir kennen selbst auch nachher nicht die Kontur des Fühlbaren.
Aber immerhin.
O wonnevolle Tücke.
O truggeweihtes Glücke.
Heil.
Heil.
Heil.

Man rief wieder zur Ordnung, ganz gelassen, beinahe liebevoll.
Sagte, es wäre nun genug gemacht worden im Chaos aus dem Verschiedenen.
Einer, der noch nichts von sich gegeben hatte, wusste vor allem helfende Worte.
Solche, wie man sie wieder hervorholt, wie ein altes Buch oder einen verstaubten Ring.

Wundersam.
Wirklich.
Wandlungsbereit.

?

Wunderwo.
Wir
waren
wartend,
nicht nur worauf,
nein,
gar schon
wohin.
Wunderwo eben.

Einer drängt sich beinahe vor.

Lasst mich jetzt! Wir wollen doch kindlich-erinnert erzählen und so vielleicht erkennen, irgendwas, eventuell sozusagen. Nennen wir das alles „Der Doppelgänger". Orientieren wir uns dabei am Schubert-Lied, na gut, aber nicht allzu stark. Aber es ist der doch, abgesehen von der sensationellsten Lieder-Musik bis dato, bis wunderwo, einer der erträglichen, streckenweise sogar guten Heinrich-Heine-Texte. Für Schubert kam der aber wohl wie ein Erlebnishammer auf ihn zu. Ein Seelen-Massaker beinahe. Für mich ist es der Begriff von Schwarz, von Schwärze. Oder seine wienerische Weiterführung – keine Angst, ich kippe sofort wieder zurück. Aber eben, quasi doppelt gegangen: Schwarz mit Schwärze und so auch die Schwänze in Schwarz, *das woa tiaf.* Hingegen. Ich gehe also als Bub, noch vor der eigentlichen Pubertät, durch die Gassen, Ende November, schlechte Beleuchtung am Abend. Die Gassen tun hier was, das sonst in der Lyrik nicht passiert, sie ruhen. Und es geht los wie zuvor in der „Winterreise". Also: Ein verlassener Typ steht vor dem Haus der Ex. Dann nervt sein Jammern, dann sieht er sich gespiegelt im Leid, dann verarscht. Ich hab den gehasst, diesen Vorgänger-Doppelgänger-Typen. Und dennoch bin ich ihm irgendwie nachgehastet, nachgehechelt. Ich hab sogar einen Rosenkranz gebetet gegen ihn. Nicht Rosenkavalier, haha. Also jene Sache mit den Schmerzen, die voll genossen werden. Aber immer wieder ist ein Doppelgänger vorgeschoben worden. Warum? Man weiß es nicht.

Der Erzähler wird gefragt, was seine Geschichte mit dem Diskussionsforum, hier aktuell im Dreiviertelkreis, zu tun habe.
Unruhe dabei.
Einige Unruhe sogar.
Das Wunderwo hat sich mehr oder weniger wieder versteckt vertschüsst.

Nichts und alles bedeutet alles im Nichts.

Es beweist hingegen, vielleicht oder gar sicher, was.
Es beweist nichts, und damit ist ja bereits der erste Beweis vonstattengegangen.
Man nimmt, um Erkenntnis zu bekommen, möglichst ein unsinniges, poetisches Bild, überhöht dazu noch von Musik in einem Passacaglia-Drohen.
Romantik und beginnender Expressionismus.
Oder?
Stelle ich damit dar, dass ich tot bin?
Und das war mir, als beinahe noch Kind, wie gesagt, dann wieder ein Trost.
Irgendwie halt. Obwohl alles irgendwie halt *gschissen.*
Oder, und ich mache jetzt auf Primitiv-Psycho-Sexanalyse, allein, wer tut das nicht täglich? Es ist, als begegnete ich, langsam, aber stetig, näher- und dann hineinkommend, einer rosa-grauen Wunde, gelappt an den Rändern, drinnen nicht schwarz, aber doch ziemlich dunkel, duftend und bald nicht mehr duftend, sondern mehr, eben die schwarze Schwärze. Es ist der ausgeräumte und frisch zur Benützung freigegebene Geburtskanal. Die Dunkle Materie vielleicht in abstracto?

Man warf ein, dass Erkenntnis immer ein Trost sein kann; man müsse bloß wollen. Nur manchmal wäre sie einfach zu gefährlich, um zu trösten.

Abermals mit einem Ja geantwortet. Aber vielleicht auch nur, um mich selbst zu beruhigen?

Der Dreiviertelkreis bekam Angst, der aktuelle Sprecher und Erzähler würde nun zu weinen beginnen.

Doppelgänger. ---
Und irgendwer äfft die Schmerzen nach. ---
Und irgendwer wartet auf etwas, das es gar nicht gibt, das also auch gar nicht eintreten kann. ---
Und irgendwer spürt nur mehr Grausen. ---
Ist das nicht auch Religionserkenntnis? ---
Ich quäle mich seit der Vorpubertät und dann mittendrin damit herum.
Es ist wie ein Gericht über mich. ---
Keine Sorge, bitte jetzt. ---

Worte des Bedauerns. Con sentimento.
Mitgefühl, mehr gefühlt als echt.
Aber doch: Massaker im Kleinen.
Noch jemand meldet sich nun zum Reden, zum Bekennen?

Ich muss bei unseren gleichsam Pfingstüberlegungen immer an eine Passage aus einem ziemlich bigotten und schrägen, also gottesfürchtigen und gottesflüchtigen, also doch wieder drin lesenswerten Buch denken, eines, das vor der Geschichte, vor allem der Habsburger in Wien, kniet. „Winter in Wien", das Buch eines Herrn Schneider, es spielt Ende der Fünfziger im Zwanzigsten und es lässt doch mit einem gewissen Schaudern manchmal daran denken, dass alles wieder so kommen könnte, wie es dort mit etwas offenem Mund erzählt, manchmal sogar geschildert wird. Es heißt, ganz am Schluss, dass in einer kommenden Nacht wieder der Adler fliegen wird – und ein so genannter und sich als ein solcher empfindender Feldherr, ein Despot, natürlich nur wie im Osten und im Westen, zu befehlen anfangen wird –, bloß wohin, nämlich fliegend? Und es geht dann auch noch um den bald wieder zum Erklingen kommenden ersten Takt, den, wohl nach d-Moll ziehend, von der Posaune, ausgestoßen von einem der Apokalyptischen Reiter. Seht ihr! Das ist erst richtiges Massaker im Kleinen, nämlich eines für die Kleinen. Bald. Wieder. Vielfältig. Wie eben zunächst als Parodie auf Welt und Gott, alles in einem Dreimäderlhaus, wo nebenan eben schon wieder die größte Kunst überhaupt gerade erst komponiert wird.

Man stimmt zu, belächelt nun das Pfingstwunder und den oder die oder das „alles“ Gott und summt antwortend, manchmal bewusst im Bass- und Melodieführen, auch verschoben kleine Passagen aus dem „Doppelgänger“, dann lässt man noch mehr Verschiebungen zu, Überlagerungen, sozusagen Verschwimmungen, ins „Requiem“, und das führt hinein in ein Anderes.
Lacrimosa.
Amen.

Do trink i mei Viadl,
do hob i mei Viadl,
denn do brauch i mei Viadl.
Des ko nua a Weana vastehn.

Brot wird gebrochen in der Dreiviertelkreisrunde, und, Achtung, nicht, noch nicht im Dreivierteltakt, obwohl das nun bereits nicht unpassend wäre; Wein wird ausgeschenkt, zum Erkenntnisprozess wird der Initiationsritus, vierzig und ein bisschen Tage davor, wiederholt.
Veltliner und Gemischter Satz.
Einer redet noch.

Es war vor einer Reihe von Jahren. Die Situation, weltweit, jetzt kühn gesagt, war damals noch gar nicht so übel. Damals. Wir hatten einfach viel. Vor allem wir, die Leute, welche die Welt noch weiterbrachten. Jaja, ich weiß, wovon ich jetzt rede. Aber die Welt bringen weiterhin, bloß jetzt etwas be- und verschämt, ausschließlich ein paar Prozent, sagen wir im besten Fall bis zu 15 Prozent der Leute dieser Welt, noch weiter. Wobei dieses weiter, zugegeben, etwas heikel ist. Trotzdem. Die Innovation, das kleine Ingenium, das eben Weiterbringen, es spielte sich, eben weiterhin, zwischen, sozusagen ars pro toto, und ich weiß, wovon ich da voll Punkt-eklektizistisch rede, der Zürcher Eidgenössischen Technischen Hochschule, den Klinikum-Großeinrichtungen in Berlin und Erlangen/Nürnberg und Grenoble, den vielleicht drei bis vier wirklich offenen Universitäten in den USA und doch, was Kunst als die Möglichkeit, dem alles ein Absurdes aufzusetzen, betrifft, eben Wien ab. Zum Glück. Denn alles, was man hernach versuchte, als Globales oder als Welt-Schmarrn zu deklarieren, das scheiterte und scheitert. Von riesigen Kunst-Shows à la den spießigen Orten Kassel und Venedig angefangen bis zu manch schrecklichen Festivals, Salzburg oder die paar überteuerten Orte an der Riviera als Beispiel genommen, aber doch zuerst Salzburg, es scheitert als Schlimmes, als ganz Schlimmes, und dann halt hinübergeschaut zu anderen, die sowieso nur als humpelnde und seltsame Sommerevents subventioniert werden, diesmal zwischen Wien und dem Semmering, zwischen der Provence und irgendwo im Biskaya-Bogen, zwischen halt eben nur irgendwo und irgendwie dort drüben, wo im Sommer eh schon die Wälder brennen. Jedenfalls, dabei, nein, davor, stets und zur Sicherheit eine Dreierpackung Underberg auszuzeln, alle drei

braunen Dinger, hintereinander, wie ein Baby oder ein Profitrinker, dem sonst wenig überblieb; ein Fläschchen braucht, beim Zuzeln, vier Anzieher in Folge. *Ausseziacha.* Dann ist die Psycho-Gefahr schon etwas geringer. Selbst bei den Labilen. Also bei uns allen.
Ja.

?

Stille. Bei ihm und im Quorum.
Dann fragt man nach.
Wie es weiterging.
Mit ihm.
Bei ihm.
Er will nicht mehr.
Stille.

Wir brachen das Pfingstgespräch, ein Pfingstwunder war dieser Mut?, ab. Alle sind noch gar nicht drangewesen mit, nun mit ihren erhellenden Erzählungen. Egal, zu Pfingsten überhaupt. Das Fest des Auseinanderdriftens, des Verbröckelns.

Wir versuchten, gemeinsam zu summen.
Der verweigerte Text konnte als bekannt vorausgesetzt werden.
Zuerst was vom Himmel oben. Lusingiando.
Dann was von der Todesangst. Auch lusingiando.
Um uns dadurch gegenseitig in der Leere der ERKENNTNIS-VERWEIGERUNG irgendwo wieder frischen Mut zu machen.
Zum Beispiel aber auch, irgendwie alles zusammenfassend?
Jetzt doch im Text:

Und wann's mei Tod is, i trink no a Viadl Wein.
Oba hoit!
Der Herrgott konn do net so hinterfotzig sein,
doss er uns sowos net schenkt zum Schüttn rein.

Wir gingen still auseinander. Gioviale.
Wien schwieg wieder und sodann weiter.
Brannte nur mehr auf kleiner Flamme.
Höchstens,

Es war beinahe schon spätabends, als wir jeweils daheim ankamen. Wien lag im Geruch des Marienmonats. Von den besonderen Gebäuden und den Stadtschlössern war nichts zu sehen. Spätfrühlingnebel und viel Finsternis, bedingt durch die notwendigen und verordneten Energiesparvorschriften, umgaben uns.
Einige standen zuvor noch lange auf der Brücke über dem Wienfluss, die aus dem Inneren Bezirk in die ehemaligen Schlachthaus-Bereiche führt.
Wir blickten in die scheinbare Leere empor.
Nur mehr wenige Wirtshäuser verloren Lichtschein nach draußen.
Wir trennten uns.
Lächelnd, noch uns an manches aus den Pfingstgesprächen erinnernd, daraus zitierend; sogar bald gar aus Literatur; also aus den oft furchtbaren Texten in Operettentravestien; vom weiten Land der Seele; wir wussten nicht, ob wir so bereits Landvermesser waren.

Kapitel 4
Erwachen, tags und über mehrere Tage hin, darauf

Ein guter Anfang.
Wiederum.
Das Theatermassaker und das mehr oder weniger ausgebliebene Pfingstwunder begannen bereits erinnerungsmäßig zu verblassen.
Ist es doch vor allem nur ein Kunstexperiment gewesen?
Er ließ weiterhin einiges, immer wieder, Revue passieren.
Im Kopf.
Nach dem Zwielicht der Pfingstsitzung also.
Er erzählte sich was.

Wir kamen damals per Eisenbahnzug an, am Wiener Hauptbahnhof. Mittels eines Kurswagens aus Krakau. Es ist eine elendigliche Fahrt gewesen. Die Sache dauerte nämlich einen Abend und eine Nacht hindurch, bis wir am nächsten Morgen endlich in der Endstation anlangten. Der Zug blieb nämlich, noch in Polen zuerst und dann vor allem in der Slowakei, in jeder auch nur mittleren Station stehen. Des Nachts. Anfahren, Quietschen. Stehenbleiben. Dann draußen die übliche, nervenaufreibende Stille, das klangliche Nichts. Jedes Mal. Anfangs, bis zum Grenzbahnhof zwischen den Polen und den Slowaken, da hatte es noch einen Buffet-Waggon gegeben. Wir standen zu dritt drinnen in dem stinkenden, rüttelnden, eher dreckigen, aber im Grunde ja nicht uncharmanten Gefährt. Wir tranken Bier und konnten sogar noch alte Semmeln, gefüllt mit fetter Knoblauchwurst und schmal geschnittenen Gurkerln, erwerben. Dann tranken wir auch noch Schnaps. Eine Art aromatisierten Wodka. Noch vor Mitternacht kehrten wir wieder zurück ins Abteil. Es war leer. Und unser schmales Gepäck war noch da. Wir wälzten uns, in verschiedenen Krümmungen, auf den Bänken herum. Ich hatte während der temporären Schlafphasen den Eindruck, das Gefühl, das quasi lauschend, die beiden anderen hätten Sex miteinander. Rita? Aber vielleicht ist das auch nur ein Halbwachtraum plus entsprechendem Eigenwunsch gewesen. Jedenfalls, in der Stadt sind wir dann wie abgemacht abgeholt worden, frühstückten noch etwas, oder so ähnlich, fuhren dann in ein Quartier; ein ursprüngliches Studentenheim, wo nun wohlfeil und oft nur für Stunden Zimmer für Durchreisegäste vermietet wurden. Ich schlief noch einmal. Fast bis in den späten Nachmittag hinein. Meine beiden Mitreisenden hatten vertragsgemäß sich noch um Werbedetails für die abendliche Uraufführung, die sowieso eine Einzelaufführung bleiben sollte, zu kümmern und waren unterwegs. Sehr angenehm für mich. Man hatte mir zwar gleich nach der Ankunft in Wien angeboten, eine Musikproduktion der besonderen und sogar angeblich leicht absurden Art zu besuchen, nämlich die Musikwiedergabe der Oper „Tristan und Isolde" von Richard Wagner, diese aber auf einer oder besser mittels einer Orgel in einer Vorstadtkirche. Ich hatte darauf verzichtet, was vielleicht sogar ein Fehler gewesen war. Denn später hörte ich, dass die Produktion spieltechnisch und was eine differenzierte Wiedergabe betraf eher mäßig und in manchen Abschnitten auch armselig gewesen sein soll. Dennoch schwärmte man verschiedenerseits von dem Mut, solche überhaupt zu unternehmen, und von einem doch neuen und gar verblüffenden Musikeindruck, noch dazu mittels einer schrägen Produktion, die schon am Vormittag eines Werktages begonnen hatte. Und, aber, noch eine zweite Einladung, eine auch nicht ganz herkömmliche, welche ich diesmal sogar annahm, erhielt ich an diesem Tag. Man bat mich, ja, tatsächlich, an einer Art von

Pfingst-Session teilzunehmen. Es würde schon um Erkenntnis gehen, im Kreis mehrerer Leute, aber auch um ein Hervorholen von vor allem Kindheitserinnerungen. Man sei schließlich in der Stadt des Sigmund Freud. Zudem, ich bräuchte auch keine Angst davor zu haben. Man wäre gelegentlich solcher Treffen locker, ja zutraulich und gegebenenfalls hilfsbereit. Ich sagte damals relativ rasch zu. Später bereute ich das beinahe. Denn ohne kundige Führung sind solche Events in oder vor Gruppen, auch wenn sie sich durchaus im Anständigen bewegen, nicht ungefährlich und, schlimmer noch, auch unergiebig und langweilig, fade schon. Dann bin ich also bei der Uraufführung gewesen. Vorweg sei gesagt, dass die wiedergegebenen Musikstücke oder Arrangements durchaus professionell vorgetragen worden sind. Auch die Persönlichkeiten der Gruppe der Schauspielenden sind zumindest, nun sagen wir, interessant gewesen. Es gab ebenfalls keinen Dilettantismus. Allein, der Inhalt, die Aufführung und der Ablauf des so genannten Stückes lassen fundierte Urteile nicht zu. Außerdem musste es, wenn ich das richtig mitbekommen hatte und nicht einem General-Fake aufgesessen war, nach Protesten verschiedener Art, Inhalte und Ursachen abgebrochen werden. Meine Krakau-Begleitung benahm sich an diesem Abend etwas ausfallend und ungut. Ich will nicht mehr daran denken und versuche die Erinnerungen zu verscheuchen. Denn die Primärerinnerungen sind seltsam, etwas skurril, dummdreist und in der Menge ungut genug. Ja, zugegeben, man hatte ein Stück propagiert, das bewusst mit einem relativ blöden, aber dreisten Titel warb und wirbt, obwohl ich mir nicht vorstellen kann, dass man es noch einmal hier oder anderswo aufführen wird. Aber was weiß man schon. Die Masse lechzt nach Unsinn und es ist niemals ausgeschlossen, dass Stücke, Inszenierungen oder Neuversionen von Bekanntem und Beliebtem später nicht plötzlich schulebildend werden oder wenigstens eine Erinnerungs-Aura bekommen. Ich denke da bloß an so manches in den letzten Jahrzehnten, das auch auf große Bühnen gekommen war, gar bei Festspielen wie in Bayreuth oder Salzburg bejubelt worden ist und gleichzeitig viel Ärger hervorgerufen hat. Und dabei wollen wir erst gar nicht von den diversen Klassiker-Verhunzungen reden oder von Arrangements, welche das Stück oder die Komposition bewusst vom ursprünglich intendierten Fokus oder Nukleus wegbrachten, wegschoben. Jedenfalls, hier ging es nicht um so etwas. Oder gar doch. Ging es, und das ist mir heute relativ klarer als damals, um Provokation, zugegeben wie in den meisten guten aktuellen Stücken und Inszenierungen, aber auch um die Aneinanderreihung von weitgehend nicht zusammenhängenden Dingen mit dem Personarium der Schubert-Operette, der Person des F. Sch. selbst und mit Musik, zum Teil so verwurstelt, primitiv oder dilettantisch, wie ja auch bei 95 % der Popmusik? Gleichviel. Ich erzähle mir noch immer, immer weiter, leider, leicht verblüfft, leicht degoutiert: Es blieb die UA-Stimmung zunächst noch ganz manierlich. Eben eine klassische Einlass- und Voraufführungs-Stimmung. Wenig Aggression im Publikum. Eben: noch. Das Eingangsduett der beiden Volkssänger ist erträglich, wenn auch etwas verwaschen gewesen. Dann die theatralische Vorstellung einiger Hauptpersonen, des Mäderl-Vaters Tschöll nebst seiner, etwas zu fetten, Frau, der diversen Schubertianer, die aber nicht divers sind und sein wollen. Der Komponist selbst tritt immer wieder auf, geht durch die Reihen der sich auf der Bühne mit der von ihm stammenden, aber recht einfach zurückgeschraubten Musik belustigenden Freunde und deren zum Teil dümmlichen Angebeteten umher. Es kommt auch zu verschiedenen, den Fluss der ja doch im Grunde stockenden Handlung unterbrechenden Kleinszenen. Außerdem hatte es ja, ziemlich bald nach den kleinen Beginnszenen und Auftrittsliedern, eine ziemlich dumme Unterbrechung gegeben. Die war hervorgerufen worden durch – leider muss ich es so nennen – übliche Protesthaltungen von Frauen, die ja mit solchen Aufregungen nichts in Theatern zu suchen haben, dort, wo die Welt schließlich gespiegelt dargeboten wird. Aber man hatte sich nicht entblödet, wieder auf Männer und Ältere und gar Weiße zu schimpfen, gestisch und plärrend und auch schriftlich. Und ich weiß auch nicht, nicht mehr, aber ich erkannte die Zusammenhänge damals ja auch nicht so recht, in welcher Reihenfolge sich alles bis hinein in den Stückabbruch wirklich abgespielt und ereignet hat. Ja, es kam zu Vergewaltigungsandeutungen und zum suggerierten Komasaufen. Aber sonst? In den knappen Zwischenszenen, ausgeführt von den Schubertianern und vom Hauptprotagonisten, in seinem etwas wirren Herumschreiten immer wieder gestört, ging es auch darum, dass eine Literaturpassage, über Musik von Schubert, vor allem aus der „Winterreise", persifliert worden ist, wo ein Arzt, offenbar in den wüstesten und hintersten Landbezirken, etwa vergleichbar mit der Ostslowakei, mit Zselitz zur Schubert-Zeit und beim Schubert-Aufenthalt, vor offenen und mit Würmern durchsetzten rosa Wunden in Kinderkörpern scheitert. Und weiters war andeutungsweise zu erleben, wie ein Mann, offenbar der Schubert-Hauptfreund Schober, von den Frauen, in die sich die Mäderln kurzfristig und sowieso nur temporär verwandelt, nein, irgendwie entwickelt, hatten, gedemütigt wird, erniedrigt gar. Man höhnt ihn ob seines Suchens nach Kunst und Wahrheit, gar ob seiner Impotenz, die er mit Befragungen hintergründiger Art zu verbergen sucht. Dazu gab es primitiv arrangierte Schubert-Musik aus den beiden großen Klavier-Geige-Cello-Trios. Es hatte auch, ich erinnere mich wieder immer mehr, Abstimmungen über das Stück, seinen weiteren Verlauf, ja die Erlaubnis für einen weiteren Verlauf überhaupt gegeben. Es ist kindisch und lächerlich gewesen. Aber vielleicht war das alles auch beabsichtigt, Teil der Dramaturgie – nichts Neues, ja, aber gut gemacht, allerdings: überhaupt so intendiert? Wirklich klar ist mir noch im Kopf, wie man dann nachher, einige zumindest, noch im Zuseherraum und im Hof davor herumgestanden ist, so tat, als diskutiere man nun klug und zusammenfassend, Gläser in der Hand. Man schlich sich einzeln. Man wurde immer stiller. Übrigens. Ich besorgte mir dann, tags darauf und zu diesem Behufe noch einmal ins Theater schauend, wo man aber vor allem zusammenräumte und noch immer recht still und unzugänglich war, ich besorgte mir also, es war nicht ganz leicht, eine Kopie des Originalmanuskripts von der Massaker-Produktion. Ein wichtiges Original deshalb, weil der Text, tags zuvor, erstens und ursprünglich nur als stark gekürztes Textmaterial hatte Verwendung finden sollen und zweitens, eben weil „es hätte können". Denn die Sache lief an diesem Abend ja gründlich überall schief. Manchmal habe ich seitdem drinnen herumgelesen. Vor allem im langen Monolog des F. Sch., der ja eher eine Verkündigung denn eine Betrachtung in Stille und Individualität darstellt. Schubert, und natürlich nur derjenige Schauspieler auf der Bühne in seinem Massakerhaus-Stück, spricht zunächst, kommt in ein Psalmodieren und singt dann, wie im Original, über der langen Melodie des

Liedes „Dein ist mein Herz, und soll es ewig bleiben“, davon, einmal, sogar ohne zu wissen, warum, festgenommen worden zu sein, weil man ihm einen Prozess machen wollte. Und dann – auch oder sogar noch mehr absurd – von schönen, aber alten Kleidern, in welchen er sich verstecken wolle, die ihn vielleicht leichter oder geschmeidiger in den Stand der Gnade brächten, ach und solches Zeugs halt. Anspielend auf verschiedene Vorlagen, wie das Dreimäderlhaus ja im Urzustand auch, ja; aber das war schwerer zu durchschauen im Augenblick, in dem es ärgerlich gewesen ist. Interessant war aber, dass dieser Schauspieler, besser vielleicht dieser Selbst-Schausteller, dieser Schubert-Typ da vorn auf der Bühne, es war ein etwas verfetteter Mensch, ohne Brille und übertrieben tollpatschig agierend, dann nach seinen recht komischen und offenbar aus dem Original schlecht zusammengekürzten Passagen als zentraler Monolog und als Lieder-Arie noch einmal kurz vor dem diese Uraufführung sowieso vorzeitig beendenden Wirbel versuchte, noch einen Teil aus seinem Monolog, seiner Arie?, an der Bühnenrampe und weiterhin von den mutigen Instrumentalisten begleitet unterzubringen, was ihm aber nur zum Teil gelang. Er rezitierte und sang noch etwa Folgendes: „Ich will und werde einen Teilsieg gegen das System und diese dem Wahnsinn Verfallenden erringen. Bevor ich verrecke, jedenfalls. Also bald.“ Dann setzte er sich zitternd hin, nahm einen Zettel zur Hand, las vor. Man hatte sehr bald Mühe, ihn zu verstehen, aber was er sang und sagte, allein, das war etwas. Ja, das war nicht mehr logisch vernehmbar oder einzuordnen. Denn es brach währenddessen bereits der kleine Skandal, abgewickelt und, ich weiß es weiterhin noch nicht, eingesetzt ja doch bloß als Inszenierungsteil, als Publikums- und Selbstbeschimpfung, wie seit vielen Jahrzehnten angeblich ein dauerndes, jetzt schon leicht lächerliches Avantgardetum in kurzen, aber großflächigen, in lauten Einheiten und Lärmentwicklungen, los. Ein Kunstexperiment? Oder auch: Musik ist Implosion von Zeit?

Kapitel 5
Eine Walzerfolge / eine Gliederung / eine Dramaturgie bloß

Introduktion
Es war eine Lust, eine parasexuelle, beinahe eine originalsexuelle.
Sie bereiteten eine Uraufführung vor.
Es ist schon der späte Nachmittag gewesen.
Das Theater war – angeblich – ausverkauft.
Aber man war bang, denn das Stück war nicht endgeprobt worden.
Im Gegenteil.
Es fehlten offensichtlich sogar noch Passagen des Textes.
Oder, schlimmer noch, man hatte die Riesenvorlage erst kürzlich eingekürzt.
Aber es war nicht klar, wo und nach welchen Kriterien.
Das galt für den Text ebenso wie für die Musik.
Ja, die Musik ist da gewesen.
Schubertpassagen in Massen.
Die meisten sowieso bekannt wie Volkslieder.
Nein, zu Volksliedern geworden.
In der Schubert-Tradition; aber auch durch das Operettenstück.
Ein herrlicher Blödsinn und in weiche Melodik getaucht.
Ein faules Stück, ein verfaultes; ja, die Lust am Vergehen, physisch-psychisch.
Das Dreimäderlhaus.
Die Biedermeier-Bobo-Scheiße.
Das Künstlerdrama, für das Genie, für den Liebenden.
Vor dem Einlass ins kleine Theater: Es gab noch letzte, hastige Handreichungen.
Die Musiker: Sie präludierten etwas verzagt herum.
Die Schauspielerinnen und Schauspieler: Man zupfte an den billigen Kostümen herum.

Sodann: ein Herein-, ein Herbeiströmen.
Sodann: ein Plätzesuchen und ein Plätzefinden und ein Plätzewechseln.
Manche, vor allem die backstage Wartenden, beschlich ein ungutes Gefühl.
Jetzt schon und akzelerierend.
Die Inspizienz mahnte Disziplin ein.
Es wurde stiller, draußen; ja, die Lust an der Stille nach/vor dem Wirbel.
Man sah aber von der Bühne, durch einen Vorhangguck, doch was Komisches.
Manche Besucher, nein, nur Besucherinnen, hatten Großes, Zusammengerolltes bei sich.
Sie versteckten das noch, aber nicht besonders eifrig oder nachhaltig.
Es gab einen Tusch aus den Instrumenten.
As-Dur. Dann d-Moll. Dann Fis-Dur.
Eine unschöne Kombination. Ein leichtes Tonarten-Gemetzel.
Generalpause, Dunkelheit. Dann offener, schlecht ausgeleuchteter Bühnenraum.

Walzer No. 1

Es beginnt im Abgrund. Das alles war ja doch bloß eine kleine, manchmal etwas grausliche Lust. Wienerisch ist es vor allem gewesen. Zunächst. Wienerisch beglückt alles in Musik und Text sowie wienerisch geradezu zum Fürchten in allem. Sie machten auf der Bühne etwas, das zwar viele erwarteten, einschließlich so mancher Wien-Musik-Connaisseur sowieso schon seit Jahrhunderten, das aber im Grunde verboten gehörte. Man machte sich auf den Weg in die Körper der Menschen mit Zielrichtung Hoden und Uterus. Im Originalmanuskript – dasjenige, welches stark gekürzt worden ist und so Basis für die etwas gar schiefgegangene Uraufführung gewesen ist – steht vermerkt, dass man zu Beginn Schuberts „Unvollendete", vor allem den ersten Satz, dargeboten mittels ein paar kurzer, prägnanter, verstörender Ausschnitte, in die anhebende Handlung hineingepresst, einsetzen oder, besser wahrscheinlich, verwenden sollte. Der erste Satz! Vielleicht die unheimlichste Musik, die je komponiert worden ist. Im Dreivierteltakt. Es ist hier eine schon punktuell einbrechende Musik zu den Szenen gewesen, nein, besser: Es hätte bloß so sein sollen mit der Musik und den Szenen. Es beginnt im Abgrund. Die Musik raunt böse. Seit 150 Jahren – die Sache ist ja Dezennien nach Schuberts Tod erst an die Öffentlichkeit gedrungen – schrecken und begeilen sich die Leute dabei. Am Bösesein, im Abgrund, in den Schaudernissen und den Lüsten, welche sie unten vermittelt. Dazwischen schleimen, im aktuellen Dreimäderlhausmassaker nun wieder, die Volkssänger, hier sind es zwei Männer und eine Frau, herum. Man animiert das Publikum, sich was zu trauen. Was genau, das wird nicht gesagt. Und eben, dazwischen, die Häppchen aus der „Unvollendeten". Früher hätte man gesagt:

vom Band, jetzt heißt es: stückerlweise auf eine CD gepresst. Es ereignet sich, symphonisch, dieses Raunen, dieses Klagen aus Oboe und Klarinette, später von Hörnern und Fagotten eher elternhaft brutal unterbrochen. Weiter geht es im Dreiertakt, so aber eher eine Sechser-Auflösung vermittelnd, das Wiegen, die Barkarole, Chopin und Offenbach und die halben Operetten-Fürsten nahmen sich schnöde was davon, schnitten sich ein Häppchen ab, um damit auch ein wenig zu reüssieren. Dann Absturz. Wie gesagt. Alles nur in Schnittchen angedeutet, während gemütlich einbegleitet wird, während die drei Mäderln auf keusch tun, aber anfänglich noch wie in einer Pariser Bumsen des späten 19. Jahrhunderts ausstaffiert sind – sie ziehen sich dann bald aber kess auf offener Bühne um – und während die Rund-um-Schubert-Burschen eine Biedermeier-Gang à la „West Side Story“ vermitteln wollen. Oder sind sie so etwas wie eine Motorrad-Partie? Oder eine überlastig rechte Staffel im Sturm. Der Hauptprotagonist tritt auch auf und dazwischen. Scheu. In Schlangenlinien die auf der Bühne eher täppisch Agierenden umkreisend. Er ist ebenfalls gebettet in die Fetzen aus Schuberts nicht vollendeter Symphonie, von der man nicht weiß, warum nicht vollendet – und überhaupt ob und ob nicht. Jetzt wieder in, vergleichsweise noch riesigen, Originalbuch/Partitur/Dramaturgien nachgeschaut. Dort hat der Schubert F. auch aus eigenen Gedichten rezitiert. Ein wenig verzweifelt, ein wenig fatalistisch, ein wenig sich vor der Umwelt und vor allem seinem Vater fürchtend. Die Live-Gstanzeln, gemixt mit Textbrocken und, noch kleineren, Musikfetzen, laufen in einen ersten Höhepunkt hinein, ganz dem Musiktheater-Duktus entsprechend. Jemand, der später die Tenorrolle geben und abgeben wird, rezitiert dazwischen, und ohne sich um die sonstigen, sowieso schon aneinander sich reibenden Musikfetzen auf der und rund um die Bühne zu bekümmern, aus einem jüngst erschienenen, von der Kritik zu 95 Prozent verrissenen, kaum ausgelieferten und von den meisten Rezipienten, darunter beinahe von allen das Buch lesenden Frauen, mit Abscheu geradezu weggekotzten Gedichtband. Der heißt: FRAUEN HAUEN – 23 Gender-Gedichte. Und das für das Dreimäderlhaus-Massaker ausgewählte Gedicht lautet: *Gott weiß schon zwei Tage vor dem Kindertot vom Kindstot. / (Seines Sohnes nämlich.) / Er scheißt sich nix um Zeit und Gnade und Frau (und ehedem um Kain und Abel). / Vielleicht aus Rache. / An ihr, an der, / für ihren hinterhältig-nachhaltig provozierten Sündenfall (Apfel und so) / im Garten Eden. / Das wichtigste Ereignis in der Menschheitsfallgeschichte. / DANKE EVA!* Man steht nun bald starr herum, plärrt lediglich, plärrt auch viel nach, besonders agieren diejenigen aus der Familie nach dem Vater Tschöll, weniger die Schüchtis im Schubertianer-Kreis, der Schubi selbst gar nicht, und man liebt dabei besonders die besonders blöden und ach so wahren Zeilen. Also Schubert und Gedicht, während unten, in diesem Unten des Klanges und der Unvollendeten, von der CD mit den Schnipseln zugespielt, schon der neuerliche und noch tiefere Abstieg in den Hades vorbereitet wird. Hier wäre übrigens, so das ursprüngliche Konzept, ein weiterer Fremdtext einzufügen, einer aus der Odyssee, jener aus deren zwei Teilen, also vom Homer und vom Joyce J.: Entha de Kimmerion andron demos te poliste / eheri kai nephele kekalymmenoi oude pot autous / ehelios phaeton kataderketai aktinessin.

Walzer No. 2

Ja! Man macht in diesem Stückteil und in der Urfassung – wie bekannt geworden ist die viel riesiger als jene dann sowieso gewaltig missglückte und nur einmal gegebene Bühnenversion als Uraufführung kurz vor Pfingsten – voll auf Winter. Nach der sonst, lege artis, Dreimäderlhaus-Maienstimmung im aufreizenden Frühling pur. Musik ist ja doch die Implosion von Zeit. Also. Wir befinden uns nach dem ersten Eklat, hervorgerufen allerdings nur sehr wenig von der Bühne oder aus der Bühne selbst – wir erinnern uns, also durch die Sänger, die Mäderln, die Fans von Schubert, die etwas gar urige Familie Tschöll und deren Mutation aus Moulin-Rouge-Anzüglichkeit in Biedermeier-Anzüglichkeit –, sondern hervorgerufen vielmehr durch von irgendwas Aktuellem bewegten Frauen im Publikum; jetzt wieder ruhiger in der Folgegeschichte, derjenigen, welche ein Finden und ein Verlieren von Liebensdingen zum Inhalt hat und die außerdem dann noch mit Schuberts großem Monolog, im Original sogar ein Riesenmonolog, endet. Dazwischen gibt es stets winzige Satyrspiele. Die Musik stammt vor allem aus dem zweiten Satz der „Unvollendeten", auch eine Barkarole. Freilich ist's ein anfänglich ziemlich virtuos verstecktes Gemetzel. Passend dann, später, dann wenn das Stück sowieso schon in seinem Abbrechen rotiert. Es ist plötzlich Winter. Ja, weil eben plötzlich eine Urfassung virtuell zu denken wäre. Winter, das ist die Zeit des Gewissens. Sie treten aus einem Beisl, Schubert und die drei Mäderln, die plötzlich manchen Frauen im Publikum so ähnlich sind. Man intoniert, nachdem quasi als Akt-Ouvertüre die Fetzen aus dem zweiten Unvollendeten-Satz angedeutet worden sind, man – die Kammermusiker seitlich – intoniert also nun ein wenig was aus dem „Doppelgänger", gut sich der

Passacaglia-Struktur bedienend. Dann driftet die angedeutete Musik in etwas, das aus der Wagner'schen Tristan-Oper stammen könnte. Aus jenen Passagen im ersten Akt und dort beim Todestrank-Vorbereiten, wo man, also vor allem die beiden ja schon grenzwertig Todes-Verliebten, irgendwie erstarrt ist, sinnend, brütend. Zunächst vermittelt Schubert den Eindruck eines still im Herumtaumeln Betenden, während die jungen Frauen sich an Hochglanzmagazinen für aktuelle, aber knappe Wäschemodelle delektieren und kichernd dabei herumhüpfen. Von Schubert hört man, gemurmelt und das bald in den Tönen jenes Heine-Liedes, Rosenkranz-Zeilen. Diejenigen vor allem aus dem Zyklus für das Schmerzhafte. Also das vom Blutschwitzen und Geißeln, dann die Passagen irgendwie über die Penetrierung mit Dornen und die Aufrichtung des Kreuzes. Die drei Mäderln tanzen schließlich um den Schubert herum. Der lächelt jetzt sogar und bringt noch – wohl zum guten Abschied oder zur Abwehr, wer weiß das schon – den Rosenkranz-Heiligen-Geist ins Spiel. Draußen auf der Straße und zwischen den Feldern rund um ein Biedermeier-Wien wird es im Zuge dessen dunkler und düsterer. Schubert wird deutlicher. Singt nun die letzten, langgezogenen Töne des Liedes, welchen noch ein Aufschrei folgt, beim Text zum Schmerzhaften-Rosenkranz-Schluss, wo ja plötzlich der Heilige Geist auftritt und die Jungfrau im Himmel krönt. Dann klatschen alle in die Hände. Wieder geht es weiter im Sinne der ursprünglichen Operette. Aus dem Dämmerlicht treten die Freunde, tritt auch das Männer-Quartett, welches sich, angeführt von diesem Franz von Schober, um die Damen bemüht, und das alles bald ziemlich eindeutig und grapschend. Es kommen die Alten dazu. Man öffnet schmatzend auf der offenen Bühne mehrere Flaschen roten Weins, das mit dem Vers von: Was du heute kannst entkorken, das verschiebe nicht auf morgen, dargebracht im Dreivierteltakt eines herkömmlichen Walzerteils. Schließlich wird die Szene wieder ruhiger, schließlich ganz ruhig, beinahe starr. Jede und jeder scheint einen Punkt draußen am Horizont zu fixieren; ein Bild des Edward Hopper scheint sich auf der Bühne starr zu ereignen. Man summt, um sich damit offenbar aus dieser Starrnis zu befreien, einige wenige Takte aus dem Lindenbaum. Es sind jene, wo erzählt wird, wer und was am Brunnen vor dem Tore, dort draußen, alles stehen mag. Kurz wird abermals Musik aus dem CD-Gerät in collagierter Form hinein- und damit drübergestreut. Ja, Schubert-Musik natürlich, aber auch eine der Stimmung und der suggerierten Jahreszeit entsprechend. War das nicht Mahler Gustav? Aus dem Lied, das von der Erde handelt? Oder wieder etwas aus dem Tristan mit seiner Isolde, dritter Akt schon, wenn auch das Meer öd und leer daherkommt? Nein, doch der Mahler G. Zweiter Song. Dort wo es um die vom Reif überzogenen Gräser geht, wo die Blätter auf dem Wasser ziehen, wo man neben dem erlöschenden Feuer in Einsamkeit singt. Und? Was nun? Im Publikum sollte man sich überlegen, wird man sich gar denken, ob das nun, generell menschlich betrachtet, tatsächlich die Absicht jener Natur wäre, nämlich die empfindsamen Leute zu irgendwas andenkbar Schönem, selbst in stillen und grauen Umgebungen, zu bringen oder wenigstens zu verleiten? Zwischenzeitlich sei dazu noch berichtet, dass sich manche im Publikum dabei erinnert gefühlt haben an die Lektüre von frühen Rilke-Texten, aber auch von etwas schmierigen Schlager-Passagen, schon Jahrzehnte alt. Es gab welche, die nun ein wenig an Märchen dachten, solche Fiktionale, die heutzutage durch so manchen Cancel-Culture-Wahnsinn, nach immer strikter werdenden Verboten im Aussterben sind. Einer aus dieser Gruppe fühlte sich wieder den, manchmal schlimm-reaktionären, aber doch vermittelnden Texten aus dem Reinhold-Schneider-Buch vom Winter in Wien nahe. Man konnte im Halbdunkel nachlesen. *Geschichte und Geschichten sind eine Ansammlung von Reliquien. Ob das nun notwendig radikal geschieht, ist eine andere Sache, eine, die von Fall zu Fall zu entscheiden ist. Man trägt das in sich, als verlasse man Wien für kurze Zeit nach Osten, in den Südosten. Nein, nicht zu den Resten der Hunnen und Awaren und frühen Ungarn, in diese Pampa-gleiche Puszta. Denn was uns am Menschen bewegt, ist das kochende Eis in ihm. Es ist vor uns eine grandiose Totenstadt, das Geheimnis der Landschaft und mehr, schon in den Schlamm des Unkeuschen und zugleich Unglücklichen gebettet. Die Welt hier hat ein ernstes, von den Schicksalen des Landes und der Ost-Stadt beschattetes Gesicht. Man soll ihm so wenig wie nur möglich in einer Dunkelheit begegnen. Da erschließt sich kein Mysterium. Nicht einmal ein Geheimnis.* Doch langsam lösen sich auch auf der Bühne wieder die Erstarrungen. Dauerten sie eine halbe Stunde vielleicht oder nur Minuten, vielleicht bloß die Sekunden zwischen einigen Schubert-/Mahler-Takten, empfunden als Fermate? Die Szene hat wiederum Tempo aufgenommen. Die angedeutete Barkarole hat sich neu behautet. Der Schlussakkord dieses Teils hat wenigstens Charakter, aber auch hohlen Glanz bewiesen: Die Welt ist schön und traurig zugleich, weil sie kaum vom Schönen eine Ahnung hat und sich in die Traurigkeit flüchtet, sie ist aber hauptsächlich frostig, charakterlos und elend. Die Natur ist hassenswert. Na gut, das war jetzt voll aus menschlicher Sicht gesagt. Aber aus welcher sonst? Aber ach, kulturelle Aneignung auch hier? Oder Rassismus der weißen Musik gegenüber?

Walzer No.3

Es ist das Menuetto auch gewesen, das Scherzo, das neue Leben? *Angenehme, heitere Empfindungen, welche bei der Ankunft auf dem Lande im Menschen erwachen.* Plötzlich, und wir sind wieder in der stark verknappten Bühnenversion des original höchst ausladenden Stückes von der Razzia, nein, falsch, von Panik, nein, falsch, von Agonie, nein, falsch, von Gier, nein, falsch, von ... , also natürlich von dem Massaker im Dreimäderlhaus. Es war der bei der Uraufführung letzte halbwegs noch störungsfrei fertiggestellte, also bühnenabsolvierte Teil des Abends. Oder ...? Nicht viel später hat man übrigens eine längere Aufzeichnung über diesen Abschnitt, seinen Inhalt, seine Absichten und ein wenig auch seine Musik gefunden. Dort steht schon einiges. *Der Mittelteil des Stückes, das sich immer noch an sein Original temporär und was das Personarium betrifft wenigstens anlehnt, ist eine Burleske, beinahe ein anakreontischer Liebesreigen in burlesker Form, vielleicht aber auch nur so etwas wie ein Satyrspiel. So weit es erinnerlich und – noch – einem? verboten im Publikum hergestellten, geheimen Mitschnitt zu entnehmen ist, angeblich gemacht von Leuten, die extra zu diesem Zweck aus dem Osten angereist waren und die kurz darauf eine der vielen Protesteingaben gegen das Stück und seine Produktion gemacht haben, dabei ziemlich absurd argumentierend, dieses Massaker-Machwerk bediene sich in unzulässiger und unschöner Weise mancher bestehender und noch geschützter Fremdtexte – es wurden da etwa ein Meister und eine Margarita genannt, auch manches von Rilke, auch sogar Stückwerk aus der literarischen Golem-Tradition, so weit also erinnerlich und zu transkribieren, ging es hier um Folgendes, als Bild, als Text, beim Musikgebrauch. Es wird vor allem kleinteilig beschrieben und eher in Fetzen zitiert.*

Man befindet sich, in einer Zentralszene eben, auf einer Landpartie, einer Wanderschaft wie vom Mörike und Wolf und eben wieder sowieso schon Schubert-gestylt. For example. Ein Stückchen aus dem Fake-Mitschnitt. Ein Futzelchen. Ein Futzerl.
Hannerl (Tschöll): Flink und schnell.
Hederl (Tschöll): Flink und schnell.
Heiderl (Tschöll): Flink und schnell.
Hannerl: Raffen wir unsere Kleider-Futzerln zusammen.
Hederl: Raffen wir unsere Kleider-Futzerln zusammen.
Heiderl: Raffen wir unsere Kleider-Futzerln zusammen. Hihihi.
Hannerl: Ist euch eh allen recht gut, hier heraußen in der schönen Natur, in der Landpartie?
Hederl: Sonst holen wir einen Landarzt.
Heiderl: Oder gehen ins Schloß retour.
Hannerl: Da kommt auch schon der stets gestrenge Vater.
Hederl: Ohne daß wir ihm einen Brief geschrieben haben, ihn einladend,
Heiderl: Ihn zu bewegen, mitzukommen, ist jedes Mal ein ziemlicher Prozeß.
Tschöll (Tschöll): Grüß Euch Gott, alle miteinander.
Schubert (Franz): Wer ist Gott?
Schober (Franz v.): Das war einmal so ein Sänger, ein Böhm halt leider.
Schwind (Moritz v.): Karel.
Kupelwieser (Leopold): Unser Greißler seinerzeit hat auch Gott geheißen.
Schwind (Moritz v.): Und unser Hausmeister Teufel.
Hannerl: Hi.
Hederl: Hihi.
Heiderl: Hihihi.

Hannerl: Hi.
Hederl: Ho.
Heiderl: Hu.
Tschöll: Ja.
v.Schober: Ach.
Schubert: He. He. He.
Die Sache zieht sich ein wenig in die Länge. Es kommen da noch ein paar andere hinzu, jüngere Männer, welche den Mäderln Avancen machen, solche, die recht bald grenzwertig sind. Man packt zwischenzeitlich seine Picknickkörbe aus und verteilt einige Extrawurstsemmeln sowie klebrigen Obstkuchen – frühe Marillen und alte Birnen –, Fanta und Red Bull. Manche summen auch Schumann oder Brahms, sogar wieder was vom Mahler, werden aber bald recht harsch zurechtgewiesen. Während kleine Gruppen schmatzend oder in Musik ruhend beisammenstehen, versucht ein andrer, noch etwas zu erzählen. Es hört ihm aber eigentlich niemand zu.
Der andre (später wird klar, es handelt sich um den Sänger Johann Michael Vogl, in der Originalzeit einer der wichtigsten und folgenreichsten Schubert-Interpreten und -Neugestalter): Stellt Euch vor. Ruhe, bitte! Stellt Euch das einmal vor. Ich war im Tristan. Nein, nicht in diesem Musik-Lokal gleichen Namens, das hinter dem Allgemeinen Krankenhaus, wo man aus alten, fetzenverhangenen Lautsprechern schmierige Opernmelodien wiedergibt, als wäre man im Samstagabend-Fernsehprogramm etwa des MDR. Ich bin auch nicht in der Oper gewesen, sondern vormittags bereits in einer Kirche am Wiener Stadtrand, einem Heurigenlokal gegenüberliegend. Dort brachte man mittels der Orgel eine Wiedergabe der Wagner-Oper. Ohne Sängerinnen, Sänger oder Chor, aber doch stets fast alle Noten von oben geradezu herabschmeißend. Ziemlich

grauslich das alles, aber dann wiederum zwingend. Es gab Aktpausen, aber ich verließ diese Produktion schon vor dem Liebesduett im zweiten Akt. Einige relativ seltsame Personen saßen lauschend in den Kirchenbänken. Aber es war wieder beinahe einschnürend zu hören, was man mit Musik anstellen kann. Musik: Einschüchternd? Und: Wienerlieder, die sind bald ziemlich ähnlich gewesen dieser Opernmusik. Nicht wahr Schubert?
Schubert: Keine Ahnung.
Aus einer Gruppe schält sich während des Vogl-Berichts ein gemeinsam intoniertes Lied heraus Die letzten Zeilen werden nur mehr von den drei Mäderln gesungen. Chromatisiert.
„Herz, mein Herz, was wünschst du dir?
Sag's zu dieser Stund'.
Steht in Wien wo auf der Bastei ein Haus,
Da gucken drei Mädel heraus.
Eine schwarz, die anderen zwei blond und braun.
Und immer bei fröhlicher Laun'.
Zeitlich früh, kaum bringt die Sonn' den Tag,
Wird's munter schon im Taubenschlag.
Da kann man kichern und schwatzen hör'n,
Das tun die drei Mäderln so gern!"
Schließlich, nachdem noch kleinweise weitergepicknickt worden ist, wird zum Weitergehen gedrängt, ein Gewitter zöge möglicherweise bald auf. Und die Musik, die ließe sich auch im Wandern trefflich weitermachen.
Schubert und v.Schober sind allein auf der Bühne übriggeblieben.
v.Schober: Ich hab da was gelesen jüngst.
Schubert: Du?
v.Schober zieht ein Buch aus seinem Wams hervor; das Buch ist bereits ziemlich abgegriffen.

v.Schober: Dieser Mensch heißt Hegel, Georg Friedrich Wilhelm. Philosoph, angeblich. Das hier ist ein Teil seines jüngsten Machwerks, er nennt es Ästhetik und er schreibt über die Kunst. Ziemlich Seltsames und unglaublich überladen. Aber zu Beginn, da steht schon was zum Verwundern. Hör zu: „Denn die Kunstschönheit ist die aus dem Geiste geborene und wiedergeborene Schönheit, und um soviel der Geist und seine Produktionen höher steht als die Natur und ihre Erscheinungen, um soviel auch ist das Kunstschöne höher als die Schönheit der Natur.“

Schubert, murmelnd: Wer die Natur von ganzem Herzen hasst, kann kein wirklich schlechter Mensch sein.

Und aus Backstage klingt nochmals, a cappella, Gesang der Mäderln und Buben im Stück:

„Nummer eins, das Heiderl, ist ideal,
Bei ihr traf das Herz schon die Wahl.
Nummer zwei, das Hederl, ist andrer Art,
Trotzdem ist auch die schon vernarrt.
Nur die Dritte, Jüngste, lacht dazu,
Die Lieb' raubt ihr noch nicht die Ruh',
Denn den Besten, Bravsten, denkt sie sich,
Den schickt noch der Himmel für mich!“

Und irgendwie nicht ganz real und deutlich und auch verschämt und ziemlich blöde antwortet ein Kammerchor in ausschließlich Männerstimmen etwas vom Bumsen. Tja, tatsächlich.

Worauf Schubert und v.Schober leicht improvisierend, aber mit Musikfetzen aus der Unvollendeten, singend und zitierend aus dem leicht zerlemperten Buch im Duett antworten:

„Das Kunstwerk sei kein Naturprodukt,
sondern durch menschliche Tätigkeiten zuwege gebracht;
... sei es wesentlich für den Menschen gemacht,

und zwar für den Sinn desselben
mehr oder weniger aus dem Sinnlichen entnommen;
... habe es einen Zweck in sich."
Und der Männerkammerchor, schon deutlicher, etwas herumsingt über die Tatsache, dass man – bei Weigerungen – auch zu härteren Mitteln greifen wird. Also übliches Macho-Burschenschaftergehabe. Dieses Schärfere, so zu eruieren aus jauchzenden Refrains, hätte wohl mit Penetrationen, vorn und hinten, und bald auch mehr, zu tun. Man nahm schließlich, ja schließlich, auch Anleihen an einem weiteren grenzgenialen Operetten-Epos, das nur mehr mit dem ja ebenfalls grenzgenialen Dreimäderlhaus vergleichbar ist, dasjenige nämlich namens „Der Watzmann ruft". Also die Solonummer, die vom Vergewaltigen der Natur und insbesondere dieses vor uns stehenden Berges handelt. Was ja wiederum aber nichts so wirklich Besonderes und Neues ist, denn jede Hinaufbesteigung, also zugleich Bezwingungen mit anschließendem Jubel und Heil-Rufen und Trinkereien, ist eine Vergewaltigungs-Metapher der Eins-a-Art, besonders unter dem Kreuz am Gipfel:
„Voda, Voda, loß mi ziag'n, da Berg, i muass eam unterkrieag'n!
Hm tata, hm tata.
Heil!
Heil!
Heil!"
Schubert und v.Schober äußern sich ihrerseits dazu, weiterhin in Musik gebettet, diesmal im Spätwerk, das vom Hirten auf dem Felsen, sich dabei aber im Grunde gar nicht um das Rundum bekümmernd, was nun – sich aufschaukelnd – in den Kulissen gesungen wird, nämlich so ein wenig Vergewaltigen und Hinhauen, wenn es nicht funktioniert, das Vergewaltigen nämlich und das Luststöhnen währenddessen, alles begleitet von weiblichen Wutschreien aus dem Publikum:

„Das Schöne hat mit der Natur nix zu tun,
die Natur hat mit dem Schönen nix zu tun.
Das Schöne ist Sache des Hirns und der Geschlechtsorgane, rumsbums-tun."

Nota bene:

Im Zuge dieser letzten Zeilen, die ja in einen süßen, beinahe qualvollen Gesang mündeten, gab es also, wie schon angedeutet, eine neuerliche Unruhe im Publikum, ein Lachen auch, Proteste von offensichtlichen Naturfreaks und generell von solchen Besucherinnen und Besuchern, die sich – wiewohl alle sicher gewarnt – etwas anderes unter dieser DREIMÄDERLHAUS-Uraufführung vorgestellt haben mochten. Ein Frauenpulk meldete sich sogar lauthals unter Tränen.

Man murmelte, angeblich, so spätere Berichterstatterinnen und Berichterstatter bei den einschlägigen Prozessen, in ganz kleinen Kreisen auch, dass dieser Hegel das alles ja erst gültig formulieren konnte, nachdem er einmal, zum ersten und – so geht die Fama, aber was weiß man nach solchen Erlebnissen des Herrn Hegel – einzigen Mal damals, in der anbrechenden, aber bald voll intensiven Schubert-Zeit und des Biedermeier-Vormärz einschließlich des Treibens von Strauß, dem Vater, und Lanner, dem Genie und Alkoholiker, in Wien gewesen war. In Wien, in der aufstrebenden Alt-Wiener Volkskomödie, in der Neuen Musik damals, die nie mehr derartig Neue Musik genannt werden darf als eben damals, im Suff damals.

Später davon noch ein ganz klein wenig mehr.

Ja, aber warum?

Von Musik und dem Sex und dem Suff und Wien überhaupt und Gier und Panik und Sucht und Graus und Angst und blankem Entsetzen.

Vom Glück?
Ja, Glück.
Allein, was hat Glück mit der Schönheit zu tun? Was Schönheit mit Freiheit? Was Freiheit in der Kunst tatsächlich mit Ethos?
Und Schubert neuerlich im Abgehen, nachdem der Rumor schon unangenehm zugenommen hatte:
„Wer die Natur von ganzem Herzen hasst, kann kein wirklich schlechter Mensch sein."
Und v.Schober, nach dem Abgehen und schon zu drei Vierteln in den Kulissen, seinem Kameraden auf die Schulter hauend:
„Wer die Natur von ganzem Herzen hasst, kann kein wirklich schlechter Mensch sein."
Und Schubert:
„Wir moralisieren bald ... Irgendwann wird auch alles, was wir uns ausdenken ... unter die Drohgebärden der Cancel-Cultures gestellt werden. Aber wehe, ich würde jetzt verbieten, es darf meine Musik nur ein weißer Mann mit glatten Haaren spielen, sich aneignen, interpretieren oder gar improvisieren ..."

Walzer No. 4 und 5 plus Coda, non existant, deo gratias?
Die Gründe dafür werden noch nachstehend leicht und brockenweise geschildert, angetupft.
Aber eben: von all dem später noch und erst ein ganz klein wenig mehr.
Von Musik und dem Sex und dem Suff und Wien überhaupt und Gier und Panik und Sucht und Graus und Angst und Amok und blankem Entsetzen.

Kapitel 6
Wie die Geschichte weitergehen könnte, Todes- und Liebesgetränke

Von Musik und dem Sex und dem Suff und Wien überhaupt und Gier und Panik und Sucht und Graus und Angst und Amok und blankem Entsetzen.

Also, fassen wir einmal zusammen. Viele sind dabei gewesen. Von überall her. Lasset uns beten mit denen. Natürlich nur so im Kopf. In Gedankenfetzen. Nicht in Wort-und-Werke-Fetzen. Es ging um:

- Die Musik als Basis für Herkömmliches, voll verarscht.
- Das Glück des Genies, an dem sich viele bedienen, und das gern und häufig und dieses Genie verhunzend.
- Ziemlich primitive Gier nach Geschlechtlichkeit und Alkohol, und das alles nicht in Maßen.
- Alles gemixt als Homophobie und Geschlechtlichkeit in recht mies dargebrachter, umwerfender Musik.
- Das Dreimäderlhaus dergestalt war ein Fiasko, ein Ende im Massaker – wenn auch so hauptsächlich im Kopf der besuchenden, genießenden und protestierenden Leute –, recte: Schmarrn, Lust und ...

Es ist, es war viel eher, so vielleicht besser gesagt im Hinblick darauf, dass dieses MASSAKER IM DREIMÄDERLHAUS wohl nie mehr aufgeführt werden wird, werden kann? In Teilen möglicherweise und irgendwann? Zurückgehend doch auf das ungleich umfangreichere Original und aus diesem geschöpft, also, es ist und war eine Angelegenheit von verschiedenen, recht primitiven Leidenschaften, im Mix, also Musik/Sex/Suff/Wien, also üblich, also nichts Neues, also ziemlich abgeschmackt, also eben irgendwie auch wie im Tristan und in der Carmen und in der Verkauften Braut und in der Cavalleria und im Weibsteufel und beim Paten und bei der Anna Livia Plurabelle – **von der vor allem aber später noch ein ganz klein wenig mehr.** Mit der „Handlung in drei Aufzügen – TRISTAN UND ISOLDE" lässt sich schon viel erklären. Wie in der „Fledermaus" wird dem Liebchen zugeprostet, so dass man, so dass beide bald die Contenance verlieren. Aufsexiert ja schon seit zähen Bühnenminuten und Dramaturgie-Jahren. *Trinken schafft uns Illusion,* so heißt es da und dort. Im Massaker-Dreimäderlhaus – im Original noch harmlos und eben zähe, zach, eher um die ablaufenden Leibesgeschichten, *Liebesg'schichten und Heiratssachen* auf grindig und im Hause des Wieners Tschöll, um die Handlung etwas zu beruhigen und in eine Form zu biegen – läuft das aber, nun voll bewusst behauptet, absichtlich aus dem Ruder, selbst wenn die Sache auf der Bühne immer mehr in flachen Blödsinn oder in ein Zitatenkonglomerat und ein ebensolches musikalischer Art driftet. Im Brauchtum, im Biedermeier-Blödsein, im sturen Sich-wienerisch-Gerieren, verloren in der Heimat. Der Dreimäderl-Vater hat zu starke Getränke auffahren lassen. Mit Ohrfeigen beginnt es, dann mit Fußtritten gegen Schienbeine, dann mit Boxhieben in Magengruben. Heimito Doktor von Doderer mit seinen Peinigungen und Prügelfantasien stand Pate. Schließlich Niederschläge, aber nicht solche wie im Fernsehwetterbericht angekündigt, dieser Softie-Eitelkeits-Parcours für Südtirol-Fans. Schubert währenddessen am Klavier. Er paraphrasiert aus Eigenem, vor allem die Brutalo-Griechenlieder vom Homo-Freund Mayrhofer und solches wie das von der jungen Nonne oder die eher schrecklichen Texte nach dem alten Goethe. Außerdem spielt er natürlich was aus der Wagner-Oper und was aus dem „Wozzeck“, Letzteren etwas in Terzen, Quinten und Sexten und vor allem sich heran- und herausschleichenden Sekundgängen mit üblicher und recht körperlich wirksamer Chromatik-Wirkung aus leider zweitklassigen Wienerliedern verhohnepipelnd; aus der Passage jedenfalls, bei welcher der W. in die Erde hineinhorcht und sich fürchtet; und dann doch die Tambourmajorstelle, wo der davon singt, dass ein Mann saufen müsse. Ach ja, wie auch nicht ist und war zu wissen, wie lange diese Präliminarien dafür tatsächlich dauerten, bis dass man dann doch bald, jedenfalls aber aus späteren Blickwinkeln, von einem Massaker im Dreimäderlhaus sprach, welches sich ja vor allem in den Köpfen des Publikums und noch mehr der anwesenden Journaille abgespielt haben mag. Denn das Ereignis selbst schien Minuten später, vor allem aber dann Stunden oder Tage nachher, nur mehr Chimäre zu sein, eine, die uns aber unterhält, wie Johann Nepomuk Nestroy nebst anderem so trefflich gesagt hatte; schon die Reaktionen nach dem Stückeabbruch, also das stille Noch-Beisammenstehen mit gelegentlichem finalem Trinken, beweisen das.

Also, fassen wir schlicht und einfach noch einmal zusammen, drei Mal:

- Musik ist eine Göttin, eine Hure, sie ist rotgehaarte Isolde und postkoitiv haarverschmierte Marie, ist als All-Frau im Männerblick, was die anderen Frauen zurecht hassen, Wasser und Erde und Erde im Wasser, stete Überschreitende der Flussgeläufe zwischen Styx und Liffey und Fiendish, sie darf als Einzige – Sie! – dem Solo-Gott widerstehen, in den Apfel der Erkenntnis beißen wie in die Haut oder den Schwanz des ihr Gegenüberstehenden, Verdatterten.
- Man beendete das Theater, das Schauspiel, aber damit an sich die Möglichkeiten des Menschen für seine und in seiner Zweitwelt; ja, zugegeben, räudig und primitiv. Für einen Neubeginn?
- Es führte alles, eben wie in jenen mystischen Flüssen, sowieso nur in helle *Panik, Gier, Sucht, Graus, Angst, blankes Entsetzen.* **Später wird es noch, wie gesagt, punktuell detaillierter, fürs Finale.**

Apropos Todes- und Liebesgetränke.
Angeblich haben sich so manche Gruppenteilnehmer, wir erinnern uns, jene, die nachher noch ein wenig konsterniert, verdattert oder bloß verärgert herumgestanden sind vor der nun leeren Kleinbühne, dann doch noch zusammengefunden, eine größere Versammlung gebildet und – ohne diesmal dergestalt hart untereinander abzustimmen wie im Publikum beim Dreimäderlhaus – in ziemlicher Eintracht beschlossen, diese Niedertracht von soeben woanders noch ausklingen zu lassen.
Es ist nicht bekannt, ob hier so manche, bisher genauer geschilderte, Massaker-Besucherinnen und -Besucher aus dem In- und Ausland dabei gewesen sind.
Jedenfalls zog man dann endlich ab. Man besuchte einen Wiener Heurigen. Es ist nicht auszuschließen, dass es die 10er Marie neben dem Ottakringer Kirchlein und der kurvenden Straßenbahn gewesen ist. Die Maschekseiten war es aber, und das ist ziemlich sicher, auch nicht.
Also ist hochprozentuell auszuschließen, man hätte sich gegenüber der bereits ananalysierten Johannes-Krawarik-Gasse eingefunden. Das ist im Grunde sogar ein wenig schade und zu bedauern, denn eine kleine Hommage an den Pfarrer J. K., den Glaubensverteidiger und Nazi-Frühgegner, wäre in diesem Fall nicht ohne Reiz und Richtigkeit gewesen. Er, der leidtragende Protagonist eines Wiener Fenstersturzes im Achtundreißigerjahr, ein HJ-Versehrter sozusagen. Allein – er verteidigte den Innitzer-Kardinal. Und der ist schließlich auch nicht ohne gewesen. Genützt hat es ihm wenig, damals, dem Innitzer, diesem widerlichen Würstel, der einige Monate zuvor sich begeistert zum Anschluss Österreichs zu Wort gemeldet hatte. Doch weg von der Fama, der Mythe, der Tradition, den Erzählungen und leider auch der Wahrheit.

Die Fastwahrheit im Augenblick war: Man suchte ziemlich und ganz und eben beinahe schon sicher eine Spelunke in Sievering auf. Einen voll herabgewirtschafteten Heurigen. Wunderbar in seiner Tiefe.

Hart, kantig. Das Essen entsprechend. Hart-Brot, Kantig-Wurstradeln, sauer auf jeden Fall das, was aus den Glaseln kommt und in die Glaseln kam. Wein nur in Viertelgläsern mit Henkel. Pischinger-Radeln. Sardellenringerln in schmalen Döschen.

Zirka zehn Leute sind es gewesen, es können aber auch zwölf oder dreizehn gewesen sein; sicher ist bloß, dass unter all diesen Einkehrenden sich drei weibliche Wesen befanden.

Eine: bereits über sechzig; relativ nobel gekleidet und auch so riechend.

Eine: etwa post-fünfundzwanzig, Leggins; schlank, reizend und aufreizend.

Eine: Ehegattin eines der also etwa sieben bis zehn Männer; unauffällig.

Notabene eins: Die Noble führte doch tatsächlich einen Rosenkranz mit sich, scheu in der Altdamenspitzenunterwäsche verborgen.

Notabene zwei: Das reifere Mädelchen führte doch tatsächlich in der für ihre Figur viel zu großen Handtasche ein Exemplar mit Rilke-Elegien mit sich.

Notabene drei: leider und zum Glück unauffällig, vielleicht sorgenvoll.

Einer, Stammgast offenbar, schon leicht mehr als leicht voll, bietet sich an, was zu singen. Gratis. Nur gegen Ermöglichung weiterer Bestellungen für sich. Einer, Stammgast offenbar, schon eher fett wie die russische Erde, bietet sich an, ebenfalls

nur für solch eine Löhnung die zweite Stimme dazu zu geben. Der hauseigene Wirt lobt seine Künstler; schon der dergestalt lockenden Verdienstmöglichkeiten halber.
Man verzichtet dankend.
Die beiden Kunstanbieter argumentieren jetzt, nicht lockerlassend, damit, sogar Schubert zum Besten geben zu wollen. Man beherrsche nicht nur so manchen Hit wie den Lindenbaum oder Dein ist mein Herz oder das von den leise flehenden Liedern, sondern sogar das, wie es sei im Frühling, da würden alle Herrschaften sofort losweinen.
Man bezahlte den beiden Herren einen Liter Gemischten Satzes in der Karaffe, verzichtete aber weiterhin auf Musik.
Kurze Beleidigung im niedrigen Raum.
Dann Versöhnung.
Die beiden Männer wollten, um ihrer versöhnt-dankbaren Erregung nun Herr zu werden, wenigstens die drei Damen küssen, wenigstens auf die Wangen. Ein sehr knapper Handkuss wurde schlussendlich gewährt.
Einer, der leichter Besoffene, hob dennoch an: „Ich schnitt es gern ..."
Man rief ihm zu: „Kusch!"
Er reagierte rasch: „Oasch!"
Man reagierte ebenso rasch: „Wixer, angesoffener."
Der zweite in diesem Stadium: „Ihr habt keine Ahnung vom Schubert."
Man echauffierte sich.
Sprach unnötigerweise sogar davon, soeben in einem Dreimäderlhaus gewesen zu sein.
Die beiden Angesoffenen, abwechselnd: „In der Operette? Bei den depperten Weibern? Beim Schubert während des Hirnwixens?"

Man verbat sich solche Ausdrücke.
Die beiden: Ja und ja. Süße Sache; sollte man einmal wieder aufführen. Trotzdem nämlich. Aber hässlich enden lassen. Ausgehen sozusagen und geradezu.
Man war leicht konsterniert oder besser gesagt einfach verwundert.
Aber die Szene verflachte sowieso.
Die Angesoffenen waren ob ihres Zustandes nicht mehr fähig für weitere erklärende oder fruchtbringende Diskussionen.
Die Gästegruppe mühte sich mit dem Servierten ab.
Hart.
Kantig.
Sauer.
Der Wein wenigstens so billig und einfach, dass er gar nicht schlecht sein konnte.
Man verschnaufte noch ein bisschen.
Man versuchte vom kleinlichen, abendlichen Theaterschock wegzukommen.
Man bestellte abermals und viel zu viel.
Vor allem Pischinger, so weit noch vorhanden in der Heurigen-Kaschemme.
Selbstsummend sodann.
Die beiden Besoffenen reagierten nicht.
Welch ein Glück.
Es ging, in Fetzen und vor denen mit *an Fetzen in deranen Fetzenschädeln,*
um das Glück, welches ein Vogerl, lieb, aber scheu, wäre;
um die Wiener, beim Absingen der Reblaus, was jede Stimmung garantierte;
um den über Wien belustigten Herrgott im Himmel;

darum, dass wir jung sind und fesch sind;
um das Mütterchen, welche eine folgenreiche Wienerin gewesen;
um das Lausbubendasein als Wien-Sohn;
generell um das Stück vom Himmel als Konglomerat aus Wien und Wein;
um die alten Häuser und die lieblichen Mädchen;
um die Tatsache, dass einem in der Stadt mit solchen ja nötigen Zutaten nichts die Ruhe raube ...
Weil ... wö ...
Und so weiter und so weiter.
In Taktfetzen halt.
Wö da Jesus is unsa Haberer.
Es war eine Kalmierung des vorausgegangenen Massakers.
Als Kalmierung war das eine Glanzleistung.
Bravo.
Weil noch dazu endlich wieder:
Rosenkranz-würdig: *Mizzi, die Du Deinen sieben Tage oiten Buben in eine Tempel-Kirche hineinbugsiert hast, damit man dem oamen Hosenscheißer ein Stückl von seiner Vorhaut abrasiert.*
Rosenkranz-würdig: wö *Du bist gebenedeit.*
Rosenkranz-würdig: *jaja, okay, schmerzvoll und so.*
Weil überhaupt.
Und jetzt kommt es.
Tatsächlich – und auch wieder nicht.
Rosenkranz-nachfragend: *Wia is ma gebenedeixlt, wia is des donn im Olltog?*
Rosenkranz-subsummierend: *Ois de Mama von an Verschnittenen?*
Also, fassen wir halt abermals zusammen:
- Die Sache mit dem uraufgeführten – teilweise, zugegeben – Dreimäderlhaus-Theater, die hat einige Folgen gehabt.

- Nicht wüste und gerichtsanhängige. Fast keine, wäre besser zu sagen im Hinblick auf spätere Wochen.
- Aber sie hat ein paar Leute durchgebeutelt.

Notabene jetzt:
- Es kam zu solchen kleinen Heurigen-Anti-Exzessen.
- Manche gingen still nach Hause.
- Einer hörte daheim noch in den Tristan hinein, aus Schallplatten, die vom Böhm-Nazi-Karl und dem Windgassen und der Nilsson und einigen anderen.
- Eine hörte daheim noch in den Tristan hinein, aus Schallplatten, die Kleiber-Sache.
- Tags darauf werden viele Wien wieder verlassen.
- Tags darauf verließen viele wieder Wien.
- Vor allem gen Nordosten.
- Dorthin, wo die Berge Striche am Horizont zu sein scheinen, bläuliche und hellgraue.
- Die Presse beschäftigte sich überraschend wenig mit dieser abgebrochenen Uraufführung des Stückes namens MASSAKER IM DREIMÄDERLHAU.
- Lediglich der Schluss, nicht derjenige originale, sondern die Passage, welche zum endgültigen Abbruch geführt hatte, der wurde eine Zeit lang noch diskutiert; eher aufgebracht als überlegend-nachhaltig.
- Später wird es noch, wie gesagt, punktuell detaillierter.
- Jemand, der auch anwesend gewesen, brachte sich noch in dieser Nacht um.
- Außerdem wurde – wir sind jetzt wieder bei der zum Teil auch lächerlichen Presse – moniert, dass verschiedene Politikerinnen und Politiker aus verschiedenen politischen Parteien, ausnahmsweise um ein Inkognito bemüht, anwesend gewesen sind.

- Die Subventionen von öffentlicher Hand, Stadt und Land, für die Ermöglichung dieses Spektakels, mussten nicht refundiert werden.
- Man hatte dieses Spektakel auch angekündigt mit „Die Operette lebt neu auf“ oder mit „Schubert, ein Meister aus dem Heute“ oder mit „Niemand soll mehr musiksicher sein!“.
- Und doch, diese kaum verstehbaren, akustisch schwer ausmachbaren, beinahe geflüsterten Zeilen beim Abgehen des Hauptprotagonisten in die Gasse und Kulissen. v.Schober etwa mit dem leicht legendären Satz vom *Puppe, hau di zuwa, da Köapa verlongtst,* oder einer aus dem Kreis der übrigen Schubertianer, Dobelhoff oder Spaun oder Gahy oder Kupelwieser, mit dem wundersamen K.-Bayer-Zitat *Scheißen und Brunzen sind Kunsten.*
- Man versuchte nicht mehr, MASSAKER IM DREIMÄDERLHAUS – jedenfalls in den kommenden Wochen und Monaten – doch wieder und erstmals vollständig, meinetwegen auch bearbeitet oder neu arrangiert oder befreit insbesondere von jenen Passagen, die zum Abbruch der verunglückten Uraufführung geführt hatten, neu, irgendwie geputzt, herauszubringen.
- **Später wird es noch, wie gesagt, punktuell detaillierter.**
- **SPÄTER WIRD ALLES GUT. SPÄTER WIRD ES NIEMALS WIEDER WIRKLICH GUT.** Auch nicht auf der theatralischen Ebene mittels eines holprig inszenierten, scheinabgebrochenen, leicht dilettantisch absolvierten Massakers.

Gemma liaba no a Burenheidl schlicka/schlika/schligga; mit an Sechzehnerblech dazua, vasteht si.

Kapitel 7
Bestehend aus vierunddrei-ßig, nun ja vielleicht [sogar], Schlussberichten, -aussagen usw., -absagen, -ansagen, -monologen, -stellungnahmen, -rechtfertigungen usw.

Im Bezirksprotokoll, Abt. Kultur und -förderung, steht zu lesen: Man gab, zunächst unter Einhaltung aller Vorschriften im Theatertechnischen und im Erfüllen von Auflagen hinsichtlich der Sponsorenvereinbarungen mit der öffentlichen Hand, zunächst noch ein neues Stück, basierend aber angeblich auf einem der bekanntesten Bühnenstücke aus dem Genre der Wiener Operette, welches keinen Titel trug, das aber, so war zu eruieren, in der vorausgehenden Mundpropaganda und dann auch in Theaterkreisen selbst mit verschiedenen Haupttiteln – sie wechselten noch innerhalb der der Uraufführung vorhergehenden Tage – und einer später auch in den Kritiken nur verwendeten Unterzeile namens „... oder MASSAKER IM DREIMÄDERLHAUS“ firmierte. Das Stück, aufgeführt im von Privaten angemieteten Halbkeller-Theater, ursprünglich noch ein Kino, mit einer Reihe von Schauspieler-Sängern und einem Kammerensemble und mit wenigen Kulissen, einem Klavier inmitten, und kaum Requisiten außer ganz offenbar allzu viel Wein, lief nach ruhigem Beginn und vor einem durchaus erwartungsvollen Publikum einige Szenen und Musikabschnitte hindurch in Ruhe. Es gab lediglich bei Passagen, welche manchen Kleingruppen, offenbar aus der LQu-etc.-Szene, nicht behagten, Proteste und kurzfristig auch Transparentaktionen. Solche Vorkommnisse sind aber durch offizielle Stellen und Ordnungspartien, polizeilicher und privat-theatralischer Art, gewohnt leicht wieder zu unterdrücken gewesen. Es erschloss und erschließt sich den Erstattern dieses Berichts nicht wirklich, worum es in dieser Musik-Theater-Angelegenheit gehen konnte oder könnte. Die Sache begann, so ist zu eruieren und zu behaupten, in einer Kopiatur oder in kopierender Weiterführung der bereits angegebenen, auf sie verweisenden Operette von einem Dreimäderlhaus, ein Franz-Schubert-Stück, im Original fabriziert von Berté/Willner/Reichert, angesetzt im Biedermeier. Man hatte Texte und Couplets daraus verwendet, neu gefasst und dann eben nicht im Sinne des Originals weiterlaufen lassen. Die Dialoge, ein Mix-up aus Bauerntheater und Zitaten bis hinein in die deutsche Klassik und Philosophie – manche Schubert-Zitate werden, so die Vorschriften in der originalen und der dann Verwendung findenden Partitur, auf offener Bühne ebenso genannt wie Passagen etwa aus der Ästhetik von Georg Wilhelm Friedrich Hegel –, sind nicht immer nachvollziehbare gewesen. Die Musik, fast ausschließlich Arrangements aus Kompositionen von Franz Schubert, live dargeboten gesanglich und instrumental, aber auch elektroakustisch zugespielt, war geschmeidig und nachvollziehbar. Das Ende der Produktion, nicht deren Schluss, denn diese Uraufführung musste ja abgebrochen werden, ist insofern schwer im Bericht nachzuvollziehen, weil sie im Grunde auf einen Auftritt der so genannten drei Mädeln in anderen, verwirrenden, ja fremden Kostümen basierte, wobei ein recht oberflächlicher Gesang der drei, welcher auch zurecht und mit Schärfe gerichtlich verfolgt hätte werden können, die wesentliche Rolle gespielt hat. Es ist hier aber nicht der Ort, das Zotige und Abstoßende, das vor allem den Bühnen-Abbruch dieses „MASSKAERS“ herbeigeführt hat, noch näher zu beschreiben oder gar zitierend zu behandeln.

Headline in einer Straßenbahn-Gratiszeitung: „Man schiebt den jüngsten Theaterskandal Gruppen aus dem Rechten Lager zu.“ Untertext zu dem Artikel: „Es wird aber auch vermutet, es könnte sich um Verbindungen handeln, welche von russischer oder auch tschetschenischer oder palästinensischer Seite unterstützt worden sind. Scharfe Proteste wurden bereits von entsprechenden Stellen der Botschaften abgeliefert."

Ein Leserbrief, noch am Tag des Erscheinens dieses Artikels verfasst: „Wir schaffen uns selbst ab. Und wir durchschauen das nicht. Am wenigsten dort, wo behautet wird, noch Kunst zu machen; also solches, das man sowieso nicht versteht."

Ein weiterer, handschriftlich mittels Filzstift, große Lettern: „Gott will anderes; die Jungfrau helfe uns!"

Aus einem anderen Leser[innen?]brief: „Man hat das Neue nie sogleich bemerkt. Auch nicht die Tatsache, dass alles mit Verwirrnis beginnen muss. Der Urknall ebenso wie zugegeben kleine und holprige Versuche auf der Bühne. Es spricht ja für unsere Zeit, dass man solchem überhaupt noch mit Protest begegnet. Es spricht aber gegen sie, dass man nicht mehr imstande ist, etwas Neues, und sei das auch harmlos im Grunde, Stückwerk und Ärgernis sogar, bis zu einem geplanten Ende mitzuerleben."

Tagebuchnotiz: Heimgekommen doch noch nach einem eher grindigen Heurigenbesuch, nach saurem Wein, so sauer, dass er schon wieder schmeckt, nach einem Kennenlernen recht schräger Menschen, nach einer abgebrochenen Uraufführung, die sich provokant gängiger Operettenklischees, aber auch eben gängiger kleiner Provokationen und oft leicht semiprofessioneller Ausführung derselben bedient hatte. Zudem wurde ein oft recht holpriger Musikmix, dem Thema entsprechend zumeist ausgehend von Schubert-Musik, angeboten. Zudem hatte man – offenbar um sich auch intellektuell gut darzustellen – zwischendurch in die sowieso sich schleppende Handlung winzige Szenen, Abfolgen, Hinweise – oder was weiß ich – eingebaut, die ihrerseits wieder Zitate gewesen waren. Man folgte so gängigen quasi Stücke-Verbesserungen oder -Auffrischungen, wie sie in deutschsprachigen Theatern nun ganz und gäbe werden – ich erinnere mich noch ziemlich genau und ungern – und die auch vor den Wiener Theatern nicht Halt gemacht haben. Ich erinnere mich bloß an zunächst das Akademietheater mit einer Hamlet-Sache, wo die Männerrollen von Frauen und umgekehrt gespielt wurden, wo man außerdem dauernd Videos vorgeführt bekam und wo sich die Frau Hamlet schließlich mit ihrem Totengräber, derjenige mit dem Schädel des Narren Yorik, das nur zur Erinnerung gesagt, der – also der Totengräber – eine Queer-Frau ist, auf dem Boden wälzt und man dabei aufeinander herumgreift. Oder ans Volkstheater mit einem „Lumpazivagabundus" ohne Kulissen, gekürzt auf 40 Minuten und im Siegestaumel eines Knieriem endend. Oder an das Theater an der Wien, wo man überhaupt nur mehr Franzosen gibt. Oder an irgendeine Bühne in der Porzellangasse, die auch Schubert spielte, die „Winterreise" nämlich, im Umfeld eines brennheißen Sommers während des vollen Klimawandels, und so halt und mehr. Und jetzt eben das Dreimäderlhaus. Ein Massaker kam gar nicht vor. Dafür eben aber so eingestreute oder parallele oder an den Bühnenseiten vorgeflüsterte Miniszenen. Ich glaube manches von oder besser nach Kafka, diesem schrecklichen Manieristen in seiner permanenten Vater-Aufarbeitung, und aus der A.-Schönberg-Tradition, dieser Quatsch, so einmal cool gesagt, verstanden zu haben. Es ging auch, bloß für Sekunden, um eine schreiende Frau in Erwartung und beim Auffinden einer Leiche. Ein Landarzt wurde aber vor allem genannt, einmal auch Verschiedenes, das mit einem Vater oder besser mit einer Vater-Erinnerung zu tun hatte, dann etwas über ein nicht erreichbares Schloss, auch ein Jäger kam vor und ein alternder Hund. Generell gesagt: Der dargebotene Gesang ließ technisch oft einiges zu wünschen übrig, manche Szenen, auch die noch fertig gespielten, wirkten unfertig.

Ein Brief, zugeklebt, frankiert, gerichtet an das Theater der abgebrochenen Uraufführung, zu Handen des Herrn Compositeurs Franz Schubert: *Du Oasch!* Und: *Lest lieber nach in dem Buch* FRAUEN HAUEN – *des is ja eh verbotn füa Eich!*

DER BEWEIS DER RICHTIGKEIT beim Massaker im Dreimäderlhaus: Georg Wilhelm Friedrich Hegel, Werkausgabe 13, Vorlesungen über Ästhetik 1 (Suhrkamp 1970), S. 100 f., Einleitung zum Hauptteil: „Es ist bereits gesagt, daß der Inhalt der Kunst die Idee, ihre Form die sinnliche bildliche Gestaltung sei. Beide Seiten nun hat die Kunst zu freier, versöhnter Totalität zu vermitteln. Die erste Bestimmung, die hierin liegt, ist die Forderung, daß der Inhalt, der zur Kunstdarstellung kommen soll, in sich selbst dieser Darstellung sich fähig zeige. Denn sonst erhalten wir nur eine schlechte Verbindung, [...]. Soll nun einem wahrhaften und deshalb konkreten Inhalt eine sinnliche Form und Gestaltung entsprechen, so muß diese [...] ein individuelles in sich vollständig Konkretes und Einzelnes sein."

Es kann vorausgesetzt werden, dass der Konsum von Giften, angefangen mit dem Alkohol, endend bei schweren, rasch den Tod herbeiführenden Giften, ein wesentliches Bühnenmoment darstellt. Allein, Tranke – wie es heißt – à la im Opernwerk, in der Handlung, Tristan und Isolde, sind geschmeidige, aber vordergründige Märchen. Neben einem offenbar sehr rasch wirksamen Todestrank verwahrt die Reiseapotheke dort am Schiff nach Cornwall ja auch einen Liebestrank. Natürlich handelt es sich dabei um eine besondere Droge, wirksam offenbar länger als uns bekannte. Wir wissen natürlich von der Metaphorik des Ganzen. Auch wissen wir, analysierend und zugleich auch einfach genussvoll die Musik auf uns wirken lassend, von der passablen Möglichkeit, gerade mit so einem Trank, einer Droge, einem Gift und so weiter sich viele, beinahe alle Freiheiten im Komponieren zu gestatten. Die Wagner-Oper ist damit gleichsam das dialektische Gegenstück zu allen drei Akten der Strauß'schen „Fledermaus", also Abschiedswein-Saufen, Champagner- und Wodka-Komasaufen, Slibowitz-Selbstzerstörung mit Erkenntnis und durchaus glücklich. Es gibt übrigens von Franz Schubert, der sicher selbst kein schwerer Alkoholiker gewesen ist, kaum eingängige Trink- oder ähnliche Gesänge. Diesbezügliche Anlassmusiken vielleicht noch, sonst? Die großen Zyklen laufen sogar mehr oder weniger abstinent dahin. Schubert hat aber, mehr oder weniger, das Wienerlied, quasi vorcodifizierend, erfunden. Die Inhalte, die meisten Texte aber dabei wahrscheinlich musikalisch nie reflektiert. Sie sind ein Späteres: kapitales Saufen, ein gieriges, vergessenmachendes, verführendes – neben, apropos verführen, Frauen-Bedrängnis, aber auch neben Gott, dem Himmel, eine Selbstbegeilung an der Stadt, Nostalgie und so fort. Übrigens, in der beinahe schon absurden Schubert-Operette, Dezennien nach seinem Tod entstanden, nein, im Sinne dieses Themas: herausdestilliert, Das Dreimäderlhaus, wird in biedermeierlicher Einfachheit auf dem Höhepunkt für die Massen und vor den diversen, dra-

maturgisch notwendigen Niederbrüchen davon gesprochen, dass ein wirklich guter Wein viel nun hülfe. Zit. nach N. N., 1. Ausgabe noch vor 1934.

Eine Protestnote, eingebracht vom edierenden Verlag und unterstützt von einer Reihe an J.-Joyce-Clubs weltweit.
Man hatte nämlich, im Zuge der Beiseite-parallel-Kleinevents auf der Bühne, die sich an Kafka, Wienerliedern oder Schönberg orientiert oder besser abgearbeitet, abgeputzt haben, auch ein paar Zeilen aus „Finnegans Wake" vorgetragen, in der Musik zudem des Franz Schubert, nach seinem Lied „Du bist die Ruh'". [NB abermals: Der Protest wurde später niedergeschlagen.]
Es handelte sich übrigens um folgenden, an sich schon wundersamen Passus, den Beginn des Frauenkapitels im überhaupt absolut unverständlichen wie wundersamen Buch:

O
Tell me all about
Anna Livia! I want to hear all
about Anna Livia. Well, you know Anna Livia? Yes, of course, we all know Anna Livia. Tell me all. Tell me now. You'll die when you hear. Well, you know, when the old cheb went futt and dit what you know. Yes, I know, go on. Wash quit and don't be dabbling. Tuck up your sleeves and loosen your talk-tapes. And don't butt me – hike! – when you bent. Or whatever it was they threed to make out he thried to two in the Fiendish park. He's an awful old reppe.
Aber seltsam wiederum, es spielt der Sex im Dreimäderlhaus – auch nicht davor oder hinterher dramaturgisch gesehen und nachgelesen – keine Rolle. Kein grindiger, kein poetischer.

Kein Suchen wie im in Stückchen anzitierten „Das Schloß“, kein härterer wie in manchen Schubert-Liedern zwischen dem „Heidenröslein“ und dem „Erlkönig“, kein raffinierter.

IHR WIXXER! WIXEN IST SCHON OKAY – ausgesprayt am Tag nach der abgebrochenen Uraufführung an die Theaterwand.

ICH SCHNITT ES GERN DIR IN DIE FLUFFI EIN: DEIN IST MEIN HERZ / UND DRINNEN SOLL ER EWIG EWIG BLEIBEN! – Weitere Spraymitteilung, eine Nacht später, selbiger Ort.

Eine der Antworten des Theaters, welches versucht hatte, MASSAKER IM DREIMÄDERLHAUS uraufzuführen, gerichtet an den Verlag: night now! tell me, tell me, tell me, elm! night night! telmetale of stem or stone. beside the rivering waters of, hitherandthithering waters of night! [NB abermals: Der Schluss des Anna-Livia-Plurabelle-Kapitels; nicht exakt zitiert, aber bezeichnend?]

Aus der und für die Sammlung – z. T. erst nach der Uraufführung zusammengefasst, z. T. beeinflusst von dieser, nicht direkt, aber quasi von dieser ins Tempo, vor allem aber in Erinnerung, vor allem nach Feldforschungen gebracht, als Teil von Wien – ein Bericht:

Oaschkappelmuster

Des mocht mi gonz deschparat, ois warat i vor de Peitscherlbuam higschtöt, e wos mi oba sowos von hinich mit ihranem Treiberl ogehn.

Des ollas is Theata.

Und ned des, wos Du Dia eibüdst in Dein Rausch, Hinicha!

Fundstücke, andere noch, nach der missglückten Uraufführung, zum Sammeln initiiert seitens eines Teils der Kunst- und Theatertruppe, welcher das MASSAKER doch als Novum im Wiener Bühnenleben hatte herausbringen wollen. – Quellen: Zuschriften, Gespräche, Beleidigungen, Begeisterung, Verzagtheit mitgeteilt und herangeschafft und quasi imaginär vor die Türe gelegt.

Alkoholiker zu sein ist mühevoll, aber etwas Wunderbares!

Musik ist Sumpf.

Der Frau-contra-Mann-Rassismus bei allen Besetzungen im Kunst- und Kulturbereich ist der Untergang unseres Landes.

Es war schlimm.

Ziemlich schlimm vielleicht nur; halbschlimm dem Anlass entsprechend.

Komisch, aber am meisten haben sich die Leute darüber aufgeregt – nicht darüber, dass vom Arschpenetrieren geredet wurde z. B. –, dass der Schubert mehrfach den Satz sagt: „Wer die Natur von ganzem Herzen hasst, kann kein wirklich schlechter Mensch sein."

Panik, Gier, Sucht, Graus, Angst, blankes Entsetzen. Tumult?

Fundstücke, einzeln, auch: Mittel zur Reduktion, wie Licht und Schwärze.

Wunderwo.

Wunderwo, der Wolkenmaler.

Marmeladinger. Du Heisl. Blunzenfett im Lercherlschas.

Unbewusst, höchste Lust. Oder auch: Geh' Oide, schau.

Die verwesende Fleischwunde des Landarztes, verkomponiert.

Im grindigen Heurigen zu Sievering mit Angsoffenen Klassisches interpretieren.

Der Hopper E. / weg aus dem Trubel mit seiner Hilfe und hinein ins Flache.

Apfel und Eva. Oida, das ging kloar mit 'm Paradies-Fotznhobel.

Frauen hauen.

Anna.
(Ist 27.)

Oaschwoama, moch a Wiesn.

Winter in Wien, winter was hard, Winterträume, Doppelgängerwinter.

Anna.
(Ist 29.)
Yes, tell me and *hoit de Papn, Du Einiraunzer. De Frau gfoit ma, mehr ned. Und des hot di owa sowos von onglahn zu lossn!*

Ein guter Anfang. Das dachten sich alle. Das würde allen so passen. In diversen Kirchen. Hinter stinkenden alten Frauen und Männern. Vor Gott. Hinter Gott und seiner Mutter. Angefangen im Eisenbahncoupé. Vor Herumtanzenden. Auf dem Rückweg bald mit einer *Bottl vom Doppltbrennden* in Städte des Golems, der Zauberer, der Monster und der Kleinwüchsigen. Die Angst, die wachsam bleiben lässt.

Schubert,
vor seinem endgültigen Abgehen,
gegen Aktschluss des zweiten Teils im Stück
MASSAKER IM DREIMÄDERLHAUS,
vor sich, lächelnd, leise hinsingend:

Nur einen Sommer noch
in kleinen Dingen harrend
und das ganz ohne Scham und Hast.

Der schwarze Vorhang ist
heut lichtbeflutet und gezogen
weit in die helle Luft vor unsrem Haus.

Der Sommer hat sich angekündigt
als ersten Duft gleichviel gespendet
frei füreinander aus dem Wesen unsrer Körper.

Der neue Sommer wütet --- und du wütest so in mir,
als wäre ich aus Plastik und aus Eisen und aus Weltallpaste!

Es war so.
Nämlich ein guter Anfang und bald ein beinahe gutes Ende. Maria akzeptierte schlussendlich den sie eher störenden Rosenkranz. Niemand hörte zu, wenn jemand schrie. Auch nicht die Gesamtnachfolge von Adam + Eve. Schon gar nicht die Himmlischen Heerscharen und ähnliche Typen. Jenes MASSAKER IM DREIMÄDERLHAUS war zwar ganz nett in seiner leichten Aufmüpfigkeit, mehr aber nicht. Es hilft doch nichts, in unserer und für unsere Gegenwart nämlich. So ein Maß. Weder hantierend dabei wieder mit Erkenntnisäpfeln noch mit religiösen Einbremsungen, nicht mit recht ordinären Sprüchen und Gesängen noch mit Alk-Verzicht. Von den Schweinskoteletts nicht zu reden. Man schafft es nicht mehr, mit scheinbar geschmeidiger Provokation Aufmerksamkeit und dann vielleicht sogar Änderungsgedanken zu evozieren. Es war so, dass ein ER, etwas frustriert, wieder wegfuhr, hinausfuhr. Mit der Eisenbahn, in den Nordosten, bald schon außerhalb Wiens, bald schon außerhalb Österreichs, bald schon an neue Grenzbereiche. Mit einem Kinderlied auf den Lippen, Refrain: Alleine reisen mag ich nit, da nehm ich mir den/die ... mit. Er fuhr dorthin, wo die schrecklichsten Mörderlager, die es je in Europa gegeben hat, errichtet worden sind. Kürzlich. Dorthin, wo man auf die und bald in die graublauen Striche am Horizont schaut, Beskiden, die Krakau-Ebenen begrenzend, oder auch: ein Würstebereich. Allein - das Licht auf den Blättern! Die Schatten zwischen den Stämmen. Die grauen Wege dazwischen. Wie dem Parsifal dünkt einem hier die Aue schön. Manchmal, so er vermutend-interpretierend, ist etwas vom Paul Klee in der ja doch - ja, Achtung! - weder schönen noch hässlichen Natur wiederzufinden. Aber oft ist es Jackson

Pollock. Aber wenigstens nicht der Kitsch-Goldblatterl-Klimt. Unser Kafka Franz konzidiert wenigstens, dass sich so etwas wie die Schönheit eines Weges in der Natur dann ergibt, wenn man einen Weg darin geht, diesen also erst macht. Der R. M. R. schwelgt währenddessen mit seinem Wolkenmaler, zugegeben aber, er schwelgt ängstlich. Die himmlische Gestapo im SS-Generalsrang, also die schreienden und zugleich tauben Erzengel, lachen sich derweilen den metaphorischen Ast. Einen erst jung grünenden, den Brustansätzen von Heranwachsenden gleich. Die Mittagsnachrichten brachten gegen Schluss der Reise noch die Kurzmeldung, dass eine weitere Besucherin nach jenem, verblüffend-grauslichen, jüngsten Theater-Massaker soeben verstorben sei.
Wien derweilen schwieg.

Übrigens.
Vor dem ziemlich brutalen Abbruch des neuen, sowieso schon stark eingekürzten Stückes gab es noch einen zweiteiligen Ensembleeklat – welcher allerdings dergestalt weder Polizei, Besucher oder Presse, aber schließlich doch die Intendanz von einem kaum notwendigen Ende überzeugt hat.

Der Vater Tschöll – echt voll besoffen mit Anzeichen eines sich abzeichnenden Hirnschlages – wurde hinausexpediert.
Die Bänkelsänger sind des Verbalisierens bereits unfähig, mutlos oder überdrüssig geworden und schlurfen summend, *wia ogsoffn,* hinaus.
Die übrigen Protagonisten und Protagonistinnen – fast – verzupfen sich auch, unspektakulär und nicht besonders gut im Abgeh-Rhythmus geprobt; man zitiert scheu-kichernd aus dem FRAUEN HAUEN.
Die Live-Musik-Leute beginnen, ihre Instrumente und Geräte mit Hopper-Ausdrucksmienen zusammenzupacken.
Manche [das sind vor allem jene gewesen, die zuerst starben] sehen aus wie vom Pollock übermalt.
Aus dem CD-Gerät kommt [auch] keine Musik mehr – eine kahl-müde Hopperei. Ein paar Protestpapierfetzen liegen [noch] herum.
Spannung im weiten Land der Seelen, abflauend.
Spannung [dann] ärgerlich noch kurz aufsichschaukelnd.
Die drei Mäderln haben [wieder] die bunten und recht knappen Oktoberfest-Dirndlkleider angezogen, recken [gern] die Brüste heraus und schlenkern mit den Beinen und zeigen den Popo her.
Alle ab. Einschließlich verplätschernder Unvollendeter. Ja, stimmt, nichts wird wirklich gut.
Der Schubert-Mime wird sich gemütvoll umbringen. Morgen [oder übermorgen].
Alles war Chimäre. Theater, schlechtes. Schlecht gespielt, dramatisiert, musiziert, zusammengefügt, [auch] brutal zusammengekürzt.
Die Erkenntnis nun doch nach so viel Erfahrung: Man kann Schlechtes mit und in schlechter Ausführung präsentieren,

absolvieren, genauso wie Musik machen. Man beweist damit das Schlechte. Gleichzeitig [nicht] gut. Aber Schlechtes mit Schlechtem vergelten *is jo ned grod a Lerchal-Schas.*
Die Erkenntnis: Man beweist das Schlechte gut, nur indem man gut agiert.
Die Sache also macht Erkenntnis relativ eindimensional.
So wie im Paradies von einem Apfel abbeißen, dann mit Eistgleichmcquadrat im Maul.
So wie Engel daraufhin schrecklich empfinden.
So wie die Natur bald nur mehr als zweite Dimension erkennen und verachten.
Erkennen können. *Wö, a jeda Engl is schregli.*
Erkennen wollen.
Man kann sogar sagen, nichts wird wieder gut, ohne dass viel passiert. Hopper?
Man soll sich schämen, liest man im Buch FRAUEN HAUEN.
[Oder nicht?]

Und.
Ach, übrigens. Wie von einem Wolkenmaler kreiert, beinahe:
Übrig bleiben lediglich im Bühnenraum-Probelicht stehen:
3 Leute aus dem Darstellerkreis von den Schubertianern.
Sie machen, im faschistischen Wien, die Talmud-basierenden Legitimationen des „Diesseitswunders" namens Eros im Geschlecht/Geschlechtlichen auf ihre Weise und voll als Massaker im Geist?
Sie haben [jetzt] – und zum nachfolgenden Zwecke? – sich nämlich Pfadfinderhemden, -hüte und -halstücher an- und über sich drübergelegt.

Sie singen, zornerregend, aber ohne besonderen Scham, frisch-froh-frank-und-frei – noch – a cappella im feinen, dreistimmigen Satz aus der „Winterreise".
Aber nicht, passend für den Tag oder wie anderswo gerade etwas zwanghaft exekutiert, aus dem „Tristan", *mild und leise – Geliebter!*
Sondern während der schreckliche Rilke-Engel genüsslich im Feigenbaum sitzt:

Zuerst, quasi zum Einstimmen, gibt es, zum Warm-up, die letzten vier Zeilen aus den *Rilke-Duinesern.* Nachdem die Engel schon ex sind. Alles ein bisschen verwienerischt, kichernd dabei schließlich Musik rezitierend:
Und mir, de onsteigendes Glück
denkna, empfinden de Rührung – oba wie, oba wie! –,
de ens beinöh bestürzt – oba wie, oba wie! –,
wenn a Glückliches fällt – haha.

Aber dann, eh brav und ordentlich, beinahe zierlich-zärtlich, keusch wie im Original, vorgetragen im kurzbehosten Buben-Glück:
Am Brunnen vor dem Tore,
da steht a klana Jud.
Der sogt zu seina Oidn,
geh zeig mir moi dein Fut.

Über den Autor

Über den Autor: Leben und Gemachtes – dazu nachlesen, was in den Biografien steht, aber überhaupt nicht alles dem Google glauben. Zum Teil hat Otto Brusatti viel mehr und Schlimmeres gemacht; dieses Buch wurde allerdings parallel zu den Editionen des Verlages für Franz Kafka geschrieben. Es, das Buch, ist ziemlich vielschichtig, bewusst ein bisschen wienerisch, zitatenbefrachtet, musikalisch überaus anspruchsvoll und manchmal ziemlich blöd.

Die Vorlage zu den Abbildungen in verschiedener Stärke und Darstellungsweise stammt aus der Entstehungszeit der titelgebenden Operette resp. aus zeitgenössischen Entwürfen zu Notendruck-Illustrationen bzw. aus Skizzen zum aktuellen Manuskript zu diesem „Dreimäderlhaus" bzw. aus den Schlussnoten Franz Schuberts zum Entwurf seiner abgebrochenen „Unvollendeten".